Inhaltsverzeichnis Seite

Das Monstersteak 5

Kotschlamm 18

Die Ente 29

Die schönste Kröte 52

Witz 68

Berliner 76

CLK 80

Werner Krabbe und d e Glorreichen Halunken 85

Himmlisch weich 90

Das Monstersteak

Lieben Sie Western?

Ich liebe Western, und ganz besonders schätze ich diese alten Schwarzweiß-Western! Selbstverständlich will ich damit nichts gegen die außerordentlich gelungenen und perfekt gemachten Sachen von Sergio Leone sagen, aber diese Schwarzweiß-Filme haben für mich auch heute noch nichts von ihrer damaligen Faszination eingebüßt.

Sicherlich spielen dabei auch die ersten Erfahrungen gegen Ende meiner Kindheit eine Rolle, als es noch keine Fernsehgeräte und Farbfilme gab und das Kino am Sonntag ein ganz besonderes Ereignis war.

Wahrscheinlich ist dieses Gefühl von damals immer noch in meinem Unterbewusstsein verankert und wird durch solche Filme heimlich wieder aktiviert.

Vielleicht waren schon allein die lakonischen Filmtitel für uns eine geheime Andeutung des gesamten Inhalts – ich meine, die Macher dieser Filme haben sich bestimmt etwas dabei gedacht, wenn sie ihrem Werk einen ganz bestimmten Namen gegeben haben, und unsere deutschen Übersetzer haben sich zu der damaligen Zeit noch nicht getraut, an einem Produkt der Siegermacht Amerika irgendwelche Manipulationen vorzunehmen.

High Noon hieß deshalb logischerweise *Zwölf Uhr mittags*, und nicht, wie sowas heutzutage leider meistens von irgendwelchen offenbar wenig feinfühligen Menschen übersetzt wird, *Der Tod lauert am Bahnhof*, oder so ähnlich.

Das devote Verhalten gegenüber den Alliierten wandelte sich mit der Zeit – *The Tin Star* wurde bei uns schon als *Der Stern des Gesetzes* angekündigt, was zwar immer noch mit dem Inhalt des Films übereinstimmte, aber wie vielsagend wäre doch für uns der Titel *Der Blechstern* gewesen.....

Es kann sein, dass die deutschen Verleihfirmen auch gerade vielsagende Filmtitel als verkaufsfördernd angesehen haben, aber irgendwie haben sie dabei wohl vielsagend mit viel sagen verwechselt. So wurde möglichst etwas Reißerisches aus dem Inhalt in den Titel gepackt, oder, wenn mal überhaupt nichts Reißerisches im Film vorkam, was eigentlich einem guten Western eher diente als schadete, dann dichteten sie eben irgendwas in dieser Richtung hinzu – manchmal hatte ich den Verdacht, dass sie versuchten, die gesamte Geschichte in eine Überschrift zu quetschen, um die Leute massenhaft ins Kino zu locken.

Inzwischen werden Filmtitel ohne Skrupel meistens völlig entstellt – *The Good, The Bad And The Ugly* heißt aus unerfindlichen Gründen *Zwei Glorreiche Halunken*, und dieses wunderschöne Western-Epos *The Ballad Of Cable Hogue* heißt (es dreht mir immer noch den Magen um) *Abgerechnet wird zum Schluss*.

Alle haben wir damals – teilweise heimlich mit der Taschenlampe im Bett – dieses spannende Buch *Der letzte der Mohikaner* von].F.Cooper verschlungen, und dann wird dieses wichtige Buch meiner Kindheit endlich mal verfilmt, und nennt sich *Der letzte Mohikaner*! Warum war das jetzt so wichtig, diesen einen Artikel wegzulassen?

Heutzutage hat sich meine Kinoeuphorie der Nachkriegszeit vermutlich schon allein wegen der dummen Manipulationen der Filmtitel sehr reduziert, und ich sehe mir die meisten Filme mit Grummeln im Magen an!

Ein Western, der mich immer ganz besonders fasziniert hat, aus Gründen, die mit Sicherheit von dem Regisseur nicht beabsichtigt waren, stammt dann natürlich auch aus der Zeit, als die Filmwelt noch in Ordnung war. Er heißt *Der Mann, der Liberty Valance erschoss*.

Ich weiß nicht, ob Sie den mal gesehen haben, – das ist der mit James Stewart, Lee Marvin und

John Wayne, in dem James Stewart in einem Westernnest seine erste Anwaltspraxis eröffnen möchte und damit beschäftigt ist, in diesem harten Viehtreiber– und Revolverheldenmilieu als schmächtiger junger Mann mit ausgeprägtem Rechtsempfinden, aber ohne die dort üblichen Attribute der Männlichkeit (er kann auch nicht schießen!), nicht erschossen zu werden.

Die Absicht, eine Kanzlei zu eröffnen, verflüchtigt sich zwangsläufig – er wird überfallen und ausgeraubt. Um wieder zu Geld zu kommen, verdingt er sich als Tellerwäscher und Kellner im Saloon der Stadt.

Für mich sind die nächsten zwei Szenen, die vom Regisseur vermutlich nur als Lückenfüller zum Entwickeln des Plots gemeint waren und insgesamt gerade mal fünf Minuten des Films beanspruchen, zu einem derartigen Höhepunkt des Films geworden, dass ich ihn schon allein deswegen aus meiner Sammlung hervorkrame, um diese fünf Minuten innerlich aufgewühlt und mit verklärtem Blick zu genießen.

Es beginnt mit der Küchenszene, genauer: mit dem Abwasch. Da sieht man James Stewart mit Schürze und hochgekrempelten Ärmeln, wie er in einem Seifenlaugen–Bottich herumrührt und, zwischendurch die Schweißperlen mit dem Unterarm von der Stirn wischend, weiße, flache Teller von außerordentlichen Maßen eintaucht, säubert und hinter sich zu hohen Türmen stapelt.

Die Kamera zeigt ihn dann, sichtlich überanstrengt, inmitten stattlicher Tellerberge. Jeder einzelne Teller ist bei genauerem Hinsehen wirklich dermaßen riesig, dass nur diejenigen Teile des Porzellans aus der Aussteuer meiner Tante Ella, die für die Kalten Platten benutzt wurden, in etwa gleich groß waren.

Im Film sieht man dann kurz den Saloon, gerammelt voll mit Viehtreibern, die alle immer nur eins bestellen – Steak mit Bohnen.

In allen, oder fast allen Western wird das immer gegessen – Bohnen, mit oder ohne Steak, aber auf jeden Fall Bohnen – vielleicht sieht das einfach männlich aus, oder es hat etwas mit dem Budget des Films zu tun, – egal!

Naja, die Vorstellung mit den Kalten Platten für die Viehtreiber habe ich mir schnell abgeschminkt – und dann kommts:

James Stewart serviert die ersten "Teller" – ich habe meinen Augen nicht getraut, als ich das damals zum ersten Mal erlebt habe – das Steak nimmt fast die gesamte Fläche des Riesentellers ein, ja es lappt an zwei oder drei Stellen sogar noch über den Tellerrand (!) und hängt an diesen

Stellen etwas nach unten, sodass er nach dem Hinstellen des Tellers mit seiner Hand es noch etwas zurechtstauchen muss, wobei man dann deutlich sehen kann, dass dabei die wenigen Bohnen, die überhaupt auf diesen Tellern Platz haben, beinahe wieder heruntergeschoben werden. Zu allem Überfluss ist dieser erste Steak–mit–Bohnen – Teller nicht etwa besonders groß, nein, alle anderen haben die gleichen Ausmaße, es ist Standardmaß, offenbar nichts Besonderes, ganz normal!

Ich hatte natürlich sofort die üblichen Teller aus der Nachkriegszeit vor Augen – mal abgesehen davon, dass es zu dieser Zeit kaum jemals etwas Steak–Ähnliches gegeben hat – was die Portionen, Mengen und Dimensionen dieses Western–Mahls betrifft, hätten meine Eltern diese Menge für mich bestimmt so eingeteilt, dass ich drei Tage davon zu essen gehabt hätte. Das Gesamtvolumen einer Mahlzeit hatte auf immer bequem auf den (mitteleuropäisch bemessenen) Tellern Platz, ja, der Rand ist eigentlich immer komplett zu sehen gewesen. Und als es später ab und zu mal Steaks gab, dann waren sie natürlich abgezählt, und sie reihten sich immer bequem – ohne dass meine Mutter jemals irgendetwas mit ihrer Hand zurechtstauchen musste – in die verhältnismäßig viel größere Anhäufung von Kartoffeln und Gemüse auf dem Teller ein.

Als ich damals den Film *Der Mann, der Liberty Valance erschoss* zum ersten Mal gesehen habe, entwickelte ich schlagartig eine Vorstellung von Reichtum und Luxus als ein Lebensstandard, den ich unbedingt einmal erreichen wollte.

Ich weiß natürlich nicht, welche Wünsche die anderen Nachkriegskinder entwickelt haben, und auch nicht, wodurch diese jeweils ausgelöst worden sind, aber für mich hat es seit damals – neben anderen natürlich – insgeheim immer diesen sehnlichen Wunsch gegeben: einmal im Leben ein riesiges Steak auf dem Teller zu haben!

Später, nach dem Wirtschaftswunder, als ich inzwischen selbst über Geld verfügte, habe ich natürlich angefangen, die Erfüllung meiner Wunschträume voranzutreiben. Wenn Du mal zu Geld kommst, hatte ich mir vorgenommen, dann machst Du dir erstmal ein Steak, das bis zum Gehtnichtmehr über den Tellerrand lappt!

Leichter gesagt als getan – das Geld war da, aber diese Rumpsteaks bei den Fleischern hatten doch alle sehr bescheidene Ausmaße. Ich habe es einmal probiert mit drei Rumpsteaks gleichzeitig auf meinem Teller, aber das ist es dann doch nicht gewesen, noch dazu hörte ich dabei immer die mahnende Stimme meiner Tante Ella "Junge, Du hast noch keinen Krieg mitgemacht! Damals, als der

Russe kam, hätten wir uns über jedes noch so kleine Stückchen Fleisch gefreut!"

Ich weiß nicht, von welchem Teil des Rindes die Fleischer damals in der Westernzeit diese Scheiben abgeschnitten hatten, vielleicht wird auch heutzutage völlig anders geschlachtet, oder wir haben andere Rinder in Deutschland.

Wenn ich in den Ferien gelegentlich mal bei Onkel Gerd auf dem Bauernhof war, ertappte ich mich hin und wieder dabei, wie ich seinem Zuchtbullen (vorsichtig!) den Rücken kraulte, und dabei heimlich das Filet abtastete.

Natürlich testete ich auch diverse Steak–Häuser in Berlin, staunte über Begriffe wie Entrecôte und vor allem über diese eine Zeile in der Speisekarte: Hüftsteak, Preis nach Größe (!).

Das musste es sein!

Aus Argentinien sollte das Fleisch kommen, und ich wusste natürlich nichts über die südamerikanischen Rinder. Welche Größenangabe sollte ich nun machen bei meiner Bestellung – „über den Teller lappend" war mir doch etwas peinlich (was weiß so ein Kellner schon über Liberty Valance). Aber der Kellner war ganz nett, und er meinte schmunzelnd "Dann würde ich Ihnen die Dreihunderter Hüfte empfehlen!"

Gesagt, getan, ich bestellte und überbrückte die endlose Wartezeit, indem ich nervös an dem gezackten Fleischmesser herumnestelte.

Und dann kam er, mit einem großen (!) Teller, und es duftete wirklich verführerisch – nur bedeckte die Hüfte gerade mal die Hälfte des Tellers...

Es war wie verhext. Bei anderen Fleischsorten wurden meine Fantasien viel eher befriedigt. Die Schnitzel wurden derartig breit und flach gewälzt und dann noch mit einer dicken Pannade versehen, dass sie schon mal die Tellerränder erreichten, und im Böhmischen Dorfgasthaus am Hohenzollerndamm gab es als Spezialität eine sogenannte Riesensauhaxe, die ich bei bisher fünf Versuchen nur zweimal wirklich komplett geschafft habe. Aber das waren alles Augenwischereien – es waren eben keine Steaks!

Dann kam ich auf die glorreiche Idee, dass die Amerikaner möglicherweise die einzigen sein könnten, die im Zuge ihrer historischen Entwicklung noch immer die alte Steak-Zubereitung kultivieren. Nach wie vor waren die Alliierter in Berlin, und ich besorgte mir auf schwierigem Weg eine Erlaubnis zum Besuch des Silver Wings auf dem Flughafen Tempelhof, einem Offiziersclub der Air Force.

Mit meinem Schulenglisch durchforstete ich die Karte und fand ein sogenanntes T–Bone–Steak; davon hatte ich schon mal gehört, und ich bestellte mir es (mit Bohnen selbstverständlich!). Nach der Pleite in den Steak–Häusern hütete ich mich natürlich, irgendwelche euphorischen Erwartungshaltungen zu entwickeln – und richtig, das T–Bone–Steak übertraf zwar alles bisher Dagewesene, aber es lappte nicht, und der Teller war auch nicht außergewöhnlich groß. Immerhin, mit der Bezeichnung T–Bone–Steak war ich aber vielleicht auf dem richtigen Weg gewesen – das Steak saß noch am Knochen, an dessen anderer Seite noch ein (etwas kleineres) Steak hing. Dieses zusammen könnte schon – bei entsprechender Rinderkonstitution – ein durchaus ansehnliches Flächenmaß erreichen! Aber wahrscheinlich trennen unsere Fleischer die Steaks immer gleich vom Knochen, und, was die Amerikaner betrifft, kann ich mir vorstellen, dass deren Rinderrassen im Zuge der Evolution, oder mindestens der Züchtung, inzwischen auch schon degeneriert sind.

Es hat eben nicht sollen sein!

Inzwischen habe ich meine Lebensmitte erreicht, und ich sehe mir den Liberty Valance immer noch ab und zu mit heute überwiegend platonischen Empfindungen an – es ist eben, trotz allem, ein guter Western!

In diesem Sommer waren wir in der Toscana, und da sollte es ja, was die Ernährung und das Geschmacksvergnügen betrifft – ich bin durchaus auch für andere Gaumenfreuden empfänglich – mehr um Pizza, Mortadella, Pasta usw. gehen, warum nicht.

Wir saßen während einer warmen Sommernacht in einem großen, gut besuchten Gartenristorante, und rätselten uns durch die Speisekarte. Beate konnte mit ihren Italienischkenntnissen im täglichen Small Talk ganz gut mithalten – ich nicht! Und diese Karte strotzte nur so von Fachbegriffen, die in Berlin im La Pergola nie aufgetaucht sind. Zugegeben, ein paar Wortbruchstücke kamen mir bekannt vor und ich bestellte Griglia Mista, vermutlich sowas wie ein gemischter Grillteller, damit kann man nicht viel falsch machen, dachte ich, und Beate bestellte La Bistecca di Manzo.

Schön waren diese Sommernächte in der Toscana, und wir knabberten seelenruhig an unseren diversen, wohlschmeckenden Vorspeisen herum, rauchten, tranken und lauschten den perlenden Unterhaltungen an den Nebentischen, die mir wie verbale Malereien mit viel Mimik– und vor allem Gestikunterstützung vorkamen. Irgendwann kam auch mein Grillteller, ein Sammelsurium von kleineren Fleischteilchen inklusive Hühnerbein. Naja, nach diesen Vorspeisen wäre sowieso nicht mehr viel reingegangen. Beate musste noch warten, aber ihr Messer wurde schon mal durch ein gezacktes ersetzt – das kennt man ja, wenn die Küche mal nicht rechtzeitig zurechtkommt, bringen die Kellner in bestimmten Abständen irgendwelche Zubehörteile, damit man den Eindruck gewinnt, man sei nicht vergessen worden und es gehe voran. Aber dann brachte der Kellner doch noch einen Teller und stellte ihn mit Schwung vor Beate hin –

DA WAR ES PLÖTZLICH !!!

La Bistecca di Manzo, das Riesen–Steak – ein paar Gespräche in der Nachbarschaft verstummten, die Köpfe zuckten herum, mein Hühnerbein fiel auf den Teller und Beate verharrte mit offenem Mund und ich mit weit aufgerissenen Augen – der Teller war kaum noch zu sehen, Beilagen hatten da ohnehin keinen Platz mehr – ein riesiges, überdimensionales, phänomenales, wunderschönes und perfektes Steak, wie ich es mir mein Leben lang erträumt hatte, mit den schwarzen Streifen vom Grillrost und einer krossen Fettkannte und einem außerordentlichen Duft und einer Farbe und einer Beschaffenheit, die ich mir so nicht mal in meinen Phantasien ausgemalt hatte, weil diese alten Schwarzweiß–Western offenbar an diesem Punkt doch klare Nachteile gegenüber den Farbfilmen hatten!

Ich hätte Tränen vergießen oder mindestens einen Tanz um den Tisch herum aufführen müssen – aber ich befinde mich ja nun mal in einem etwas gesetzteren Alter. Angesichts der vielen Nachbartische mit den grinsenden Gesichtern – da heißt es dann wieder „Diese Touristen", oder „Ja ja, die Deutschen" – ich glaube, ich habe mich einfach bloß mit glühenden Ohren seelig zurückgelehnt und Beate mit ihrem Teller angelächelt "Ich werd' verrückt – das gibt es doch gar nicht – was sachste denn nu?"

Ich habe dann natürlich fast die Hälfte abgekriegt, weil Beate schon fast satt war und vielleicht ein bisschen Mitleid mit mir hatte – der Geschmack war unbeschreiblich! Selbst der zwingend erforderliche Folgetest in einem anderen Ristorante zu einer anderen Zeit verlief erfolgreich: Diesmal bestellte ich La Bistecca di Manzo und es kam genau das gleiche Ungetüm – ich habe den Kellner dabei genau beobachtet:

Er musste das Steak nicht mal mit der Hand zurechtstauchen, weil es dermaßen dick war, dass die überlappenden Teile gar nicht herunterhängen konnten – sie ragten ein Stück über den Tellerrand hinaus in die Luft, und das Fleisch schien schön kräftig zu sein, anders als diese vergleichsweise flachen Lappen in *Der Mann, der Liberty Valance erschoss*.

Mein erstes Drama

Jetzt kommt ein höchst interessantes Thema, Sie werden es nicht glauben: Kotschlamm!

Da ist mir neulich was passiert, also nee, wissen Se …..

Mein Klo schien verstopft zu sein, Montag war's. Das Wasser stieg höher als sonst, sackte dann aber wieder ab und im Ausguss röchelte es ein bisschen. Ich dachte so, na warte mal ab und es ging dann auch so zwei/drei Tage. Dann dachte ich, gehste mal ran, bevor das schlimmer wird, ich hatte auch gerade Zeit. Ich also 'nen "Saugnapf" gekauft und ran ans Klo! Wie Meister Schurich!

Ich ziehe und ziehe und sauge und es blubbert und schmatzt und plötzlich steigt das Wasser bis „zum Eichstrich" UND BLEIBT DORT STEHEN!

Mist, dachte ich noch, hättste das mal gelassen, nun war nischt mehr mit doch noch pinkeln und so. Wenn ein technisches Problem aufgetaucht ist habe ich ja früher immer abgewartet, weil ich die stille Hoffnung gehabt habe, es würde sich von selbst wieder geben. Ich also weg vom Klo und Ablenkung gesucht.

Nach einer Stunde konnte ich's dann nicht mehr verdrängen und ich ging nachgucken, und, watt soll ick sagen, allet war normal! Testspülung (na klar!) und das Wasser stand wieder oben, Mist.

Also, dachte ich, warten hilft nüscht, nochmal saugen, und ich saugte ganz kräftig und das Klo antwortete missgestimmt mit Blubbern und drohendem Geplätscher und plötzlich stand die SCHEISSE bis zum „Eichstrich" und bewegte sich nicht mehr, roch dafür aber nett!

Auweia, Scheisse, watt nu???

Da stand ich nun mit dem Saugnapf in der Hand, ratlos. Plötzlich ein Geräusch, wie beim Pinkeln, nur war ich das nicht, das Klo war's!

Hinten aus dem Stutzen strömte die Scheiße ins Badezimmer, erst ganz diskret in flüssiger und sehr durchsichtiger Form.

Mist, dachte ich wieder, nahm die Haushaltsrolle, wischte und wischte und plötzlich wurde die Haushaltsrolle immer dünner und die Scheiße immer schneller und unter meinen Füßen schmatzte es verdächtig!

Ich mit schmatzenden Füßen über den Flur zum Schrank um alte Handtücher zu holen, legte sie dann überall um das Klo herum und stand dann dümmlich herum. Inzwischen war das Klo wohl leer und alles auf'm Fußboden.

Quietschnasse Scheißpisshandtücher in die Waschmaschine und dann wieder Ratlosigkeit ......

Ich hatte ein halbes Jahr vorher schon mal einen Rohrdienst da gehabt, mit Spirale und so und die sind nicht gerade billig gewesen, überhaupt nicht. Der meinte noch, mein Klo sei innen schon ziemlich verkalkt und deshalb enger vom Durchschnitt, ejal, erstmal Tür zu und wat anderet machen.

Abends zu Christian in die Kneipe. Frage dabei noch alle Kumpels, ob jemand 'ne Spirale hat oder jemanden kennt, der jemanden kennt, der 'ne Spirale hat - nüscht! Christian meinte dann "Geh' doch zum OBI-Markt, die haben billige Spiralen..." und ich war wieder hoffnungsfroh, es war inzwischen Freitagnacht. Ich also am nächsten Tag in aller Herrgottsfrühe um elf Uhr dreißig aus dem Bett und hin zum Obi–Markt. "Haben Sie Spiralen für wenn mein Klo verstopft ist? –" "Sie stehen doch genau davor!!" (Wie üblich!). Ich gucke, und richtig, ein blitzblankes Ding eingerollt für 60,– DM. Naja, dachte ich noch, wesentlich billiger als der Rohrdienst und kaufe das Teil.

Frohen Mutes nach Hause.

Dann wieder diese Hoffnung, dass sich inzwischen doch alles von selbst erledigt hat, ich teste mal heimlich die Spülung... Und plötzlich rülpst das Klo drohend und die Scheiße rennt über den

Rand – in Windeseile, sage ich Ihnen, richtig hektisch und ich mit schmatzenden Füßen zum Katzenklo, wo ich glücklicherweise einer Riesenfundus an alten Frankfurter Rundschauen habe. Zurück und sorgfältig ausbreiten, sofort waren die Zeitungen vollgesogen und braun, also noch 'ne Schicht darüber und dann hörte das Gluckern auf!

So, jetzt aber die Spirale, ist ja nicht so, dass wir nicht könnten, warte nur, du Scheiß–Abfluss!

Spirale entheddert und rin ins Klobecken, ging aber nur bis zur ersten Kurve. Also Hände rein in die Scheiße! Spirale weitergeschoben und immer wieder ein bißchen gestochert, irgendwann war sie vier Meter drinnen. Wat nu?

Gezogen, geschoben, gedreht, wenn sie durchgeht müßte eigentlich auch das Wasser abfließen können, also Spirale raus und hoffnungsfroher Blick – nüscht, keine Reaktion, Scheiße am Eichstrich grinsend!

Ich langsam sauer (der Rohr–Atze hatte es doch damals auch geschafft, verdammter Pfeffer) also nochmal rein mit Spirale und den Händen und hin und her und her und hin und langsam wurden meine Handrücken an den Kalkablagerungen wundgescheuert und ein Finger fing an zu bluten.

Infektion, dachte ich noch, auweia, Erreger in der Scheiße und ich Blutvergiftung und so, wat machste denn nu?

Sechzig Mark ausgegeben für nüscht und wieder nüscht? Das darf doch wohl nicht wahr sein! Vielleicht hatte sich ja auch inzwischen was gelöst. Saugnapf und ENERGISCH gesaugt!

SCHWAPP war die Kacke schon an der Badezimmertür und ich rannte wieder schmatzend zum Katzenklo, irritierte Blicke meiner Kätzchen aus'm Wohnzimmer (der Alte spinnt wieder mal!).

Dritte Schicht Rundschau und vierte und fünfte, inzwischen hatte sich der neue Fußbodenbelag in eine glitschige Masse verwandelt und ich musste aufs Klo!!! Natürlich, genau dann muss man auf's Klo!

Büchse her und im Arbeitszimmer reingepinkelt (einziges Zimmer ohne Einblick vom gegenüberliegenden Haus!).

Risse und Wunden an beiden Händen, schmatzende Füße, sechzig Mark weggeschmissen, Stunden und Tage sinnlos verplempert, alles nur noch schlimmer gemacht, tierischer Gestank in der Wohnung, schlechte Laune und dann ein Anruf von 'nem lieben ehemaligen Schüler, wie's mir ginge und ob er mich gleich besuchen könne. Ich glaube, er hat meine Reaktion missverstanden!

JETZT ABER LETZTE OFFENSIVE!!!

Großangriff. Ich mit dem Saugnapf bewaffnet und der Spirale in Griffnähe nähere mich drohend dem Klo.

Die Scheiße am Beckenrand hatte inzwischen um drei Zentimeter nachgegeben, um nicht zu versacken noch schnell zwei Schichten Rundschau, und mit einem Ohr immer zum Treppenhaus, ob der Nachbar aus dem Stockwerk unter mir hoch kommt und "..sagen Sie mal, Herr Dreymann, bei mir an der Badezimmerdecke ...." verlauten lässt, nüscht, alles ruhig im Haus und bei mir bahnt sich die Katastrophe langsam an.

Da könnte man jetzt gemütlich fernsehen oder Musik hören oder sonst irgendwie auf Wochenende machen, nichts da, elementare Sachzwänge, Scheißdreck!!!

Die Verschmutzung des Badezimmers mit den Trampelpfaden zum Katzenklo und über den gesamten Flur und der infernalischem Gestank hatten inzwischen Ausmaße angenommen, dass ich Reinigungsarbeiten über das gesamte Wochenende verteilt vor mir sah – freudig erregt natürlich.

Anziehen, Tür zu und weg waren die natürlichen Fluchtgedanken, *irgendwo das Wochenende wohnen und Montag dann der Auftrag an den Sanitärladen gegenüber.* Aber die Reinigungsarbeiten blieben trotzdem an mir hängen.

Also los, wer erfolgreich einen Motor bei einem Strichachter austauschen kann, wird ja wohl auch mal sein Klo frei kriegen, verdammt nochmal!

Mit Abnahme des Pegelstandes der Rundschauen im Katzenklo stieg das Niveau meines Badezimmerbodens und inzwischen war eigentlich so ziemlich alles egal:

Saugnapf und dem Klo den Rest geben!

Es musste ja mal klappen. Wenn nichts abfloss, wie sollte dann noch etwas von draußen hereinkommen, ist doch unlogisch. Also, die Restscheiße im Klobecken kann ja gar nicht mehr über den Rand kommen, völlig klar, also los.

Saugnapf rein und MÄCHTIG hin und her gerammelt und gegen jede Logik bäumte sich die Drecksbrühe von unten her auf, schwappte gegen meine Hosenbeine bis zum Knie, ein paar Spritzer auch bis ins Gesicht!

WÜTEND knallte ich den Saugnapf in die Badewanne und ich schwappte zum Telefon.

"Rohrnotdienst, gutenTag..."BlahBlahBlah ....Wochenendtarif...240,- DM pauschal...wenn's der Hauptstrang ist, wird es noch teurer... - ejal jetzt – "Gut, Herr Dreymann, unser Mitarbeiter kann in ca. drei Stunden bei Ihnen sein ...!"

Körperpflege an der Küchenspüle..., Pinkeln in Büchsen..., Katzen beschwichtigen...

60,- DM + 240,- DM sind 300,- DM + mehrere Stunden Drecksarbeit + kommende Reinigungsarbeiten + offene Wunden an den Händen + Frust = ein beschauliches Wochenende! Wie langweilig muss das für andere sein, immer nur am Tresen herumzuhängen und dümmlich Bierchen zu saufen!

Man hätte ja ganz einfach am Montag vorher den ganz normalen Sanitär–Atze von gegenüber..., aber nee...!

Klingeln, — tap tap tap, — "Rohrnotdienst, guten Tag, wo ham wir's denn?"

Er holt seine professionellen Gummihandschuhe (bis zum Ellenbogen!), nimmt seine (dickere) Spirale und legt los.

NÜSCHT!!! Er also auch nicht, aha!

Murmelt was vom Hauptstrang, wäre wesentlich teurer, müsste aber dann die Hausverwaltung zahlen usw.

"Dann hole ich mal von unten das schwere Gerät!" – ...tap tap tap...

Ruhe vor'm Sturm?

...tap tap tap...

"So, nun woll'n wa doch mal sehn!" –

Eine Rohrfräse mit Motorbetrieb, Spirale, dick wie ein Gartenschlauch und vorn ein gezackter Metallbohrer "ham se hier 'ne Steckdose?" (blöde Frage).

Dann ging's zur Sache.

Ich immer diskret an der Türzarge mit Sicherheitsabstand, ich kannte ja inzwischen mein Klo!

"Auweia, das geht aber schwer, müssen wa nochmal probier'n!" –

Seine Sicherheitsschuhe schmierten mit den Rundschauen durch die Gegend und das Klobecken verhielt sich völlig passiv: „Noch."

Dann plötzlich, ein gurgelndes Grummeln, immer lauter werdend (haben Sie schon mal gesehen, was passiert, wenn Leute plötzlich auf Öl stoßen?) und dann platzte praktisch mit einem mörderischen Getöse das Klo, ein Kacke–Geysir schoss an die Decke und verteilte in nullkommanüscht seine braunen Massen über das gesamte Badezimmer und ganz besonders über den Herrn Rohrnotdienst ...

"AHA!", das typische Handwerker–Aha, wenn sie endlich ein Problem gelöst hatten, neues aufgetaucht oder das alte noch immer unverändert da war.

"KOTSCHLAMM, URALT!" –

Ich nun wieder, mit meiner "Allgemeinbildung", –..."was heißt denn das...?"

Dann folgten knappe Erklärungen (man muss das Metier wohl studiert haben ...: Vermischung von aufgelöster Scheiße und zusammengepapptem Klopapier ergibt besagte braune, zähflüssige Masse, die imstande ist alles zu verstopfen.

Mein Gott, er im Kotschlamm–Tarndress fingerte noch seinen Kugelschreiber aus der Brühe "...hier, unterschreibense mal bitte...kann ja dann die Hausverwaltung bezahlen...kriegense Unterlagen zujeschickt... schönet Wochenende noch... der nächste Kunde wartet schon....wiedasehn!" – tap tap tap...

HAT DER EINEN BERUF!!!

Da sitzt man Tag für Tag mit Schulklassen in sauberen Räumen und labert dümmlich über dies und das, und das wahre Leben spielt sich insgeheim ganz woanders ab.

Die Ente

Neulich ist auf meinem Nachbarbalkon eine Ente gelandet.

Ich stand zufällig am Küchenfenster zum Hof und konnte deshalb den Anfang der Geschichte beobachten.

Sie stand etwas unsicher mit ihren breiten Schwimmfüßen auf dem dünnen Eisengeländer, schwankte ein bisschen vor und zurück und sprang dann mit Hilfe von drei, vier Flügelschlägen hinunter auf den Betonboden.

Eigentlich ist dieser Balkon kein richtiger Balkon, eher ein Verbindungsgang zwischen unserem und dem Nachbarhaus, die im rechten Winkel zueinander stehen; ein Zugang, der vermutlich früher für Dienstboten und Personal angelegt worden ist oder als Fluchtweg zur hinteren Treppe in den Innenhof. Er sitzt nicht wie ein Schwalbennest an der Außenfassade, sondern hinterläßt eher den Eindruck einer quaderförmigen Höhle, die ca. anderthalb Meter tief in den Wohnblock eingemeißelt worden ist. Unsere Hinterhofwohnblöcke sehen deshalb nicht wie große Kästen mit gleichmäßig herausgezogenen Schubläden aus, sondern vielmehr wie Kästen, deren Schubladen entfernt wurden. An den gegenüberliegenden Seiten der Häuser zur Straße hin findet man aber wieder diese Schubläden, die mit ziemlich genau anderthalb Metern Schwalbennestcharakter und mit Geranien und Sonnenschirm ihre ursprüngliche Funktion erfüllen.

Die Funktion der Hinterhofeinschübe hingegen scheint angesichts fehlender Dienstboten und mangels Personal nicht eindeutig definiert zu sein, zumal eine Außenmauer aus Beton für die Geranienkästen fehlt, dafür aber die dünneren Eisengeländer eine Art Reling vor dem Abgrund des Hofes bilden.

Die Nutzung unterliegt somit der freien Interpretation der Anwohner, wobei sich jeweils zwei Küchenfluchttüren einen Einschub mit Eisenreling teilen müssen.

Gesicherte Angaben kann ich zumindest für die Nutzungsvariante im dritten Stockwerk machen; dort befinden sich seit meinem Einzug vor zehn Jahren links hinter dem Eisengeländer ein Wäscheständer und rechts ein Eternit-Blumenkübel mit wechselnder Bepflanzung.
Die Ente interessierte sich für den Blumenkübel und sprang mit flatternder Flügelun-

terstützung die ca. 80 Zentimeter hoch und über den Rand und landete zwischen den Primeln.

Bis zu diesem Zeitpunkt hielt ich das noch für einen Zufall oder ein Versehen, aber die Ente schien genau zu wissen, was sie dort wollte:

Sie knabberte an den Primelblüten, rupfte ein paar heraus und schaufelte schließlich mit ihrem Schnabel und den Schwimmfüßen die Hälfte der Blumen und zwei, drei Schwimmfüße voll Blumenerde über den Kübelrand. Dann drehte sie sich ein paar Mal in verschiedene Richtungen, zog die Beine ein und knickte dabei langsam nach vorn in die inzwischen ziemlich platt gedrückten Primeln. Das Hinterteil mit dem schnell hin und her wackelnden Schwanz senkte sich behutsam und der nun sitzende Entenkörper walzte sich nach links und nach rechts und wieder zurück, während der Schnabel ein paar Federn hier und da ordnete und die beiden Flügel sorgfältig auf dem Rücken gefaltet wurden - sie räkelte sich offenbar eine Nestmulde zurecht!

Die üblichen Singvogelaktivitäten und deren Brutpflege hatte ich mittlerweile schon oft beobachtet, aber wann hat man schon mal die Gelegenheit, eine Ente vom Küchenfenster aus zu erleben. Die Vorstellung, sie könnte dort wirklich Eier legen und brüten, habe ich angesichts der für Entenküken unüberwindbaren drei Stockwerke bis zum Betonfußboden unten im Hof schnell wieder verworfen. Die Evolution kann die normalen Brutpflegeinstinkte von Enten bestimmt nicht schon derartig pervertiert haben, dass sie dem Prinzip der Erhaltung der Art nicht mehr genügen! Ein Blick aus dem geöffneten Küchenfenster in den Abgrund beruhigte mich dann auch ziemlich schnell.

Die Ente, übrigens eine weibliche Stockente (Anas platyrhynchos), schien meine Aktivitäten am Küchenfenster nicht zu bemerken oder einfach zu ignorieren.

Der Frühsommer versprach einige interessante Abwechslungen, was die sonst eher eintönigen Ausblicke aus meinem Küchenfenster in den Hinterhof betraf...

Die Ente saß meist ziemlich reglos da, sie veränderte nur ab und zu ihre Position und manchmal hielt sie den Schnabel geöffnet mit leicht angehobener Zunge, um sich etwas Kühlung zu verschaffen. Vom menschlichen Standpunkt aus sah sie dann ziemlich lächerlich aus, aber wir hatten in diesem

Jahr einen außergewöhnlich heißen Sommer und sie verhielt sich vermutlich entengemäß in ihrem Sinne.

Ich spekulierte von Anfang an über die Funktion dieses "Nestes" und hatte mir so meine Erklärungen zurechtgelegt:

Sie stammte sicherlich vom nahen Lietzensee und hatte beim üblichen Flug über die Häuser dieses Versteck im Hinterhof entdeckt, wollte sicherlich nur mal ein geheimes Refugium für eine Pause haben oder sie war den Nachstellungen des Erpels überdrüssig.

Andererseits gehörte eine Ente nach meinem Verständnis vorwiegend in Gewässernähe, mindestens zum Fressen und Trinken, (und sie schwimmen doch wohl auch die meiste Zeit).

Die Tage der nächsten Wochen begannen und endeten mit einem Kontrollblick aus meinem Küchenfenster und der zunehmenden Sorge, die Nachbarn könnten ihren Wäscheständer benutzt und dadurch die Ente verscheucht haben. Nichts dergleichen - die Bewohner der beiden Küchen schienen verreist zu sein.

Eines Nachmittags war das Nest leer – Ich war enttäuscht, das soll es schon gewesen sein?

Ich ging in halbstündigen Abständen zum Fenster und betrachtete den Eternit-Kübel - nur vertrocknete Primelreste und eine Mulde mit Daunen.

Dann war sie gegen Abend wieder zurück! Sie saß in gewohnter Haltung da, hatte vielleicht nur ein Bad genommen oder gefressen, ich konnte beruhigt ins Bett gehen.

Die Nachbarn waren wohl inzwischen wieder zurück, jedenfalls beobachtete ich eines Tages eine vorsichtige Hand links fast im toten Winkel meines Küchenfensters, die ganz langsam irgendwelche Wäschestücke vom Ständer nahm.

Auf die Nachbarn war also glücklicherweise Verlass. Die Ente schien das Nest nur als Ausweichquartier zu benutzen, wenn ich zur Arbeit fuhr, flog sie vielleicht zum Lietzensee und verbrachte dort einen ganz normalen Ententag.
Nachmittags war sie fast immer wieder da. Einmal habe ich nachts mit der Taschenlampe hinübergeleuchtet - sie schlief auch in dem Kübel.

Die Junitage vergingen und die gesamte Situation schien sich nicht weiter zu verändern.

Eines Mittags habe ich dann einen Schreck bekommen: die Ente hatte kurz ihren Hinterkörper angehoben und ich meinte, ein Ei gesehen zu haben! Aber das ist wohl doch nur eine Halluzination gewesen. Diese wochenlang unveränderte Situation außerhalb meiner Küche hatte meiner Beobachtungsgabe geschadet.

Da kann es schon mal passieren, dass man sich einbildet, im Augenwinkel etwas schimmern zu sehen - vielleicht war es auch nur die Projektion meiner verdrängten Befürchtungen! Die Ente saß nach wie vor unverändert in der Mulde, in unveränderter Höhe, ein paar Eier hätten sie bestimmt unübersehbar um einige Zentimeter angehoben. Ich musste ein bisschen über mich lachen, mein Seelenfrieden war wiederhergestellt.

Inzwischen hatten auch meine Katzen mitbekommen, dass in der Nähe des Küchenfensters öfter ein größerer Vogel landete, und in den folgenden Tagen wurde das Fenster (aus unterschiedlichen Beweggründen vermutlich) immer häufiger zu einem Ort von Betrachtungen und Spekulationen, die sich auf einen Blumenkübel mit interessantem Inhalt in drei Metern Entfernung bezogen.

Die Katastrophe begann an einem Nachmittag.

Meine (inzwischen wieder gewissenhaften) Beobachtungen registrierten eine bis dahin nicht gesehene Nervosität seitens der Ente. Sie verhielt sich so, als würde jemand ihr den Bauch kitzeln, sie hob den Körper in kurzen Abständen links und rechts und hinten hoch, wie sie es damals am Anfang zum Auswalzen der Mulde getan hatte.

Und dann sah ich zwischen den seitlichen Bauchfedern einen kleinen Entenschnabel hervordrängen und gleich danach noch drei weitere!

Schreck, aber auch Stolz, Hilflosigkeit und liebevolle Zuneigung zu den winzigen Entchen...
Da hatte die Ente es also wirklich geschafft, ihre Bruttätigkeit vor meinen geübten Biologielehreraugen zu verbergen. Da hätte ich doch irgendwelche Rettungsmaßnahmen für noch nicht ausgebrüteten Eier durchgeführt

– oder hätte die Ente mit den Eiern zum Lietzensee tragen... redete ich mir schuldbewusst ein - zu spät!

Und auch meine Katzen wurden inzwischen immer unruhiger (aus anderen Beweggründen vermutlich). Immer wenn ich in der nächsten Stunde die genaue Zahl der Entchen herauszufinden versuchte, hatte ich zwangsläufig im selben Moment die gefährliche Tiefe des Hofabgrundes vor Augen. Enten sind Nestflüchter, irgendwann würde die Mutter losfliegen und die Kleinen hinter sich herlocken und da sie ja noch flugunfähig sind... ich hatte eine äußerst unruhige, schlaflose Nacht.

Am nächsten Tag hörte ich mich erstmal unter den Biologen der Schule um - ohne besonders beruhigende Ergebnisse.
Die Entchen wurden am Nachmittag immer aufmüpfiger - fünf konnte ich mit Sicherheit verbuchen.

Ich stellte mich ziemlich hilflos an, dann kam mir die Idee, beim Zoo anzurufen, es war kurz nach fünf, mindestens die Kasse musste noch geöffnet haben.

"Guten Tag, ich hätte da mal eine Frage - auf meinem Nachbarbalkon ist eine Ente gelandet und sie hat jetzt Nachwuchs bekommen - das ist aber im dritten Stock, was kann man denn da machen?"

"Aaach das kennen wir schon, das machen sie jetzt immer häufiger - tja tut mir Leid, aber der Pfleger der Wasservögel hat schon Feierabend. Ich kann Ihnen aber die Telefonnummer vom Bund für Vogelschutz geben..."

Ich schöpfte wieder etwas Hoffnung, notiere die Nummer, Bund für Vogelschutz - sowas gibt es hier also – na, die müssten mir wohl weiterhelfen können. Ich rufe gleich an - "Bund für Vogelschutz - Büro - Montags bis Freitags - 15 Uhr bis 17 Uhr - sprechen Sie nach dem Piepton! -"

Mist, knapp verfehlt.

Wieder eine unruhige Nacht und ein Tag in der Schule. Aber dann, 15 Uhr: "Bund für Vogelschutz, guten Tag..."

"Guten Tag, ich habe da mal eine Frage. Bei mir auf dem Nachbarbalkon....."

"Am besten Sie fangen die Mutter, nehmen die Küken, und bringen alle zum nächsten See und setzen sie dort aus - ohne die Mutter geht nichts! Aber ich kann ja mal in einem Buch nachschlagen, warten Sie mal, Aufzucht von Jungvögeln, E... Ente, hier stehts: Füttern mit Magerquark und hartem Eigelb unter Zusatz von Vitaminpräparaten und ggf. Haferflocken mittels einer Einwegspritze in den geöffneten Schnabel alle zwei Stunden rund um die Uhr."

Meine Hoffnung sank urplötzlich wieder fast auf den Nullpunkt und ich wollte auch gar nicht so genau wissen, ob und wie man denn nun Haferflocken durch die Einwegspritze...

"Rufen Sie doch einfach mal den Berliner Tierfänger an, ich gebe Ihnen mal die Nummer..."

Ich rief auch da gleich an - niemand meldete sich.

Am nächsten Vormittag hatte ich ihn dann am Schultelefon. "Auf meinem Nachbar ... "
"Ach Herrje! Na viel Spaß, da müssen Sie die Alte fangen, aber vorsichtig, die sind sehr scheu, und immer erst die Flügel zu fassen kriegen, sonst fliegt sie weg. Wir haben jedes Jahr die gleiche Geschichte unten in Zehlendorf, da brütet immer eine Ente in einer Astgabel in zehn Metern Höhe. Und

wenn es dann so weit ist, schichten wir einen Grashaufen unter dem Baum auf. Die Alte ruft dann irgendwann und die Kleinen plumpsen nacheinander in das weiche Gras. Wir sperren dann alle Straßen ab und die Mutter wandert mit ihren Kindern zum Schlachtensee. Ich bin für ganz Berlin zuständig und komme heute hier nicht weg, aber falls Sie die Ente nicht fangen können, rufen Sie doch einen Funkwagen, die bringen die Küken dann zum Tierheim Lankwitz. Was die dort mit denen machen, weiß ich allerdings auch nicht so genau."

Rosige Aussichten, was sollte ich nun machen.

Die Vorstellung, die Ente zu fangen, machte mich noch nervöser und unsicherer, vielleicht verschlimmerte ich dadurch noch die ganze Situation, die Mutter könnte mir entwischen, und die Kleinen wären endgültig verwaist und dann wäre ICH der wirklich Schuldige und wie sollte ich überhaupt durch die Nachbarwohnungen zu dem Nest kommen, vorbei an Nachbarn, die mich überhaupt nicht kannten, und die wahrscheinlich sowieso nicht zuhause waren.

Bequemlichkeit. Wenn es darauf ankommt, die Augen schließen. Aber ich konnte nicht mehr zurück.

Die ganzen letzten Wochen konnten doch nicht in einem schuldbeladenen Fiasko enden. Vermutlich hatte ich in den unruhigen Träumen der letzten Tage schon öfter alle Handgriffe geübt - ich wusste genau, was ich tun musste und schließlich hatte ich früher oft genug Kreuzottern in der Lüneburger Heide gefangen und Ringelnatterr im Spandauer Forst und Zauneidechsen am Teufelsberg durch Anschleichen und blitzschnelles Zufassen überrascht!

An die Mutter heranzukommen, schien mir das eigentliche Problem zu sein, zumal der Zugang zu einer der beiden Nachbarküchen noch nicht geklärt war. Und mit der Ente in der Hand konnte ich schlecht die Küken in einen Karton setzen und dann mit der ganzen Familie zum Lietzensee laufen.
Hilfe musste her, da fiel mir sofort ein Mieter im Parterre ein; der schien ganz nett zu sein und war für eine derartige Safari bestimmt zu gewinnen.

Ich fuhr von einigen Adrenalinausschüttungen begleitet nach Hause und klingelte gleich bei ihm. Sein Hund war da, er aber offenbar nicht. Also warten, bis er Feierabend hat.

Wenn bis heute nichts Tragisches passiert ist, wird die Entenmutter ja gefälligst noch den Nachmittag abwarten können, beschwichtigte ich mich auf dem Weg zum Küchenfenster.

Die Enten waren nicht mehr da !

Ich riss das Küchenfenster auf und befürchtete schon mehrere kleine tote Entenkörper unten auf dem Beton zu finden – nichts.

Nichts zu sehen oder zu hören, die Nestmulde sah so aus, als sei nichts Außergewöhnliches vorgefallen, als sei die Ente wieder Mal zum Lietzensee geflogen - aber wo waren die Kinder!?

Die Nachbarn sind einen Tag schneller gewesen als ich - kam mir plötzlich als einzig vorstellbare Lösung in den Sinn - na klar, nicht nur ich hatte das Problem - ich war richtig stolz auf die unbekannten Bewohner der Nachbarküchen.

Da haben die wahrscheinlich, während ich in der Schule war, mit vereinten Kräften die komplette Entenfamilie... - ein bisschen Enttäuschung kam hoch - ich hatte mich doch inzwischen durchgerungen - ich hätte doch gerne für mich dieses Erfolgserlebnis - egal, Schwamm drüber. Die Geschichte ist doch noch gut ausgegangen und ich hatte ein ruhiges Gewissen.

Ich setzte mich zufrieden an den Computer.

Spürte aber bald eine Unruhe, die ich mir zunächst nicht erklären konnte - vielleicht waren es ja die aufregenden letzten Tage, die mich auf der Tastatur herumklappern ließen, vielleicht verschwand die Anspannung nur sehr langsam - ich ahnte irgendwas - etwas stimmte nicht!

Die üblichen Singvogel- und Taubenstimmen, die durch das Küchenfenster schallten, kannte ich nach zehn Jahren gut - da war es! - ich rannte zum Küchenfenster und hörte schon diese unbekannten Vogelstimmen zwischen den anderen, riss das Fenster auf und begriff, was passiert war:
Die Ente hatte ihre Kinder gerufen und die Küken haben alle gehorcht - und es tatsächlich überlebt!

Im Erdgeschoss der gegenüberliegenden Häuserwand ist ein Teppichgeschäft und zwei Männer dieses Ladens waren offensichtlich damit beschäftigt, irgendetwas in der Kraut- und Strauchschicht des Hinterhofes zu fangen, und in einen großen Bastkorb zu setzen.

In Windeseile rannte ich hinunter in den Hof und da sah ich auch schon einen winzigen toten Entenkörper liegen. Fünf Meter vom Haus entfernt auf dem umgegrabenen Erdboden neben den Betonwegen.

Traurigkeit, Wut, Enttäuschung, während ich vom Nachbargrundstück aufgeregte Stimmen hörte: "Hier läuft noch eine..." Und Rufe von aufgeregten Entenküken, die wohl ihre Mutter suchten.

Ich ging hinüber.

Acht (!) Kinder hatten den Sprung offensichtlich völlig unbeschadet überstanden, sie wuselten auf dem Boden des Bastkorbs durcheinander und machten einen für meine Begriffe guten Eindruck. Ich nahm vorsichtig eins in die Hand und kapierte langsam, wieso sie den Fall aus einer derartigen Höhe überleben konnten:

Sie waren wesentlich kleiner als ich gedacht hatte, und sie wogen fast nichts.

Später habe ich öfter in Naturdokumentationen kleine Seevögel die Klippen hinuntersegeln gesehen. Durch sehr schnelles Flügelchenschlagen und ihr geringes Gewicht, segeln sie ziemlich sicher zu Boden wie ein Herbstblatt im Wind.

Was nun?

Die Mutter hatte wohl einen Ausgang aus dem Hinterhof gesucht und nicht gefunden - daraufhin hat sie die Kleinen aufgegeben und ist weggeflogen.

Der Besitzer des Teppichladens war verblüffenderweise optimistisch - er hätte einen Gartenteich und würde die Entchen dort aussetzen, der Rest würde sich schon von selbst ergeben.

Ich war nach den Telefonaten der letzten Tage weniger zuversichtlich und erzählte ihm von den Haferflocken, und den Einwegspritzen und davon, dass die Entenmütter ihren Kindern bestimmte überlebensnotwendige Verhaltensweisen vormachen müssen.

Ratlosigkeit.

Ich telefonierte nochmal mit dem Tierfänger, die Entchen standen währenddessen in dem Bastkorb im Hinterhof und piepten vor sich hin. Vielleicht würde die Mutter ja doch noch mal zurückkommen.

"Bringen Sie doch die Küken einfach zum nächsten Gewässer - vielleicht findet sich ja eine Ente, die sich ihrer annimmt."
Ich stand grübelnd am Küchenfenster und hörte die Entenstimmen aus dem Korb.

Dann sah ich die Elstern oben auf den Dächern - sie hatten die Entenküken natürlich auch gehört und lauerten.

Von selbst würde sich wohl nichts Sinnvolles ereignen, es blieb an mir hängen.

Ich suchte mir moralische Unterstützung von dem Mieter im Parterre, holte den Entenkorb ab und ging mit dem Korb, dem Mieter und seinem Hund zum Lietzensee - die Entenküken fühlten sich geborgen und waren still.
Ich hatte mehrere Empfindungen zur gleichen Zeit - einerseits war ich plötzlich Vater von acht Entenkindem mit sämtlichen Verantwortungen, andererseits hatte ich noch nie vorher diese angstfreie Zuneigung von Wildvögeln kennengelernt, was meine Sorge sicherlich nicht verringerte.

Wie konnte ich annehmen, dass der Lietzensee das Problem lösen würde!

Wir nahmen uns erst die linke Seite der Neuen Kantstraße mit der dortigen Hälfte des Sees vor und ich trug den Korb hinunter. Nichts - keine Ente weit und breit, obwohl es doch sonst auf dieser Seite genug Enten gab!

Also hinüber auf die Nordseite - ich wurde immer unsicherer - wenn nun niemand von den weiblichen Enten meine Küken haben wollte - konnten sie überhaupt schon schwimmen - und wenn, ich konnte sie ja auf dem See nicht wieder einfangen, falls etwas mit dem Aussetzen nicht klappen sollte....

Ich hatte also nur einen einzigen Versuch!

Da waren vier Enten, zwei davon Weibchen, und sie hatten die übliche Brotfütterungsentfernung vom Ufer.

Ich stellte den Bastkorb sehr unschlüssig auf den Wiesenboden.

Ich dachte dann wohl, ich könnte ja mal die beiden Entenweibchen mit einem Küken konfrontieren und nahm eins in die Hand. Es flatterte aufgeregt, fiel mir fast aus der Hand und ich setzte es behutsam neben den Korb in das Gras.

Und plötzlich rannte es wackelnd mit einer unerwarteten Geschwindigkeit GENAU IN DIE FALSCHE RICHTUNG in Richtung der Wiese hinter mir, auf der mehrere Leute ihre Hunde spielen ließen!

Das fehlte nun noch - ich rannte gebückt hinterher und scheuchte und wedelte mit den Händen dicht über dem Boden, wie früher, wenn die Hühner abends in den Stall sollten - und die winzige Ente kapierte wohl, jedenfalls machte sie eine Kurve, rannte auf das Wasser zu - und plumps, sie war verchwunden. Das durfte einfach nicht wahr sein. Da tauchte sie wieder auf und paddelte zielgerichtet auf eins der Weibchen zu.
Man kennt ja wegen der Kopfbefiederung keine mimischen Reaktionen bei Vögeln, aber ich war mir ziemlich sicher, dass das Entenweibchen unter ihren Federn die Stirn gerunzelt hat!

Sie starrte bewegungslos auf das näherkommende Küken, während sich die drei anderen Enten ziemlich desinteressiert zeigten.

Sie ließ sich von dem Entenkind beschnuppern, begrüßen und umschwimmen, ohne sich zu entfernen.

Das war DIE Gelegenheit, ich setze die Küken in das Gras und sie beeilten sich, alle ins Wasser zu kommen, plumpsten hinein und verschwanden, kamen wieder hoch wie kleine, luftgefüllte Bällchen und schwammen zielstrebig auf besagte Entenmutter zu. Ich glaube ja nicht, dass Enten unter ihrem Gefieder ins Schwitzen kommen können, aber die Ente saß da, als ob sie vom Blitz getroffen worden war.

Die Küken gingen mit ihr um, als sei sie ihre rechtmäßige Mutter. Sie umschwammen sie und schnäbelten leise Töne vor sich hin - die Ente machte insgesamt einen völlig entgeisterten Eindruck, sie saß ungewöhnlich starr da, zuckte dabei aber in schneller Folge ruckartig mit dem Kopf nach links und rechts und wieder zurück (etwa wie wir immer an einem Wandertag die rechte Hand bewegen, um die ankommenden Schüler durchzuzählen) - die ganze Situation war geprägt von Ratlosigkeit und vielen offenen Fragen - wie nach einer Jungfernzeugung vermutlich - aber sie ließ die Kleinen widerstandslos gewähren.

Übrigens nicht alle acht.

Eins der Küken hatte sich die andere "Mutter" ausgesucht und näherte sich ihr neugierig.

Diese Ente reagierte daraufhin völlig anders als die erste: in panischem Entsetzen drehte sie sich um und flüchtete mit Höchstgeschwindigkeit in Richtung Seemitte, das Küken mit erstaunlichem Tempo, wie ein kleiner Propeller, immer im gleichen Abstand hinterher.

Sieben waren jetzt noch übrig und die Adoptivmutter begann mit der Erziehungsarbeit, schnäbelte im Wasser und alle Kinder machten es ihr sofort nach.

Sie zupfte und knabberte an den Uferpflanzen herum und kämmte mit dem Schnabel das Rückengefieder und die Kleinen zupften und knabberten an den Uferpflanzen herum und kämmten mit den Schnäbeln den Federflaum auf dem Rücken.

Dann gab die Alte ein mir unverständliches Kommando und alle sieben schwammen ordentlich aufgereiht hinter ihr her, während sie sich ständig umsah, um zu überprüfen, dass auch ja keine aus der Reihe zu tanzen wagte!

Ich blieb noch weit über eine Stunde am Seeufer, begleitete meine Familie und hoffte natürlich, dass das Küken Nummer acht noch rechtzeitig den Anschluss finden würde.

Dann ging ich langsam mit dem leeren Bastkorb und einem überwältigenden Gefühl der Erleichterung und der Zufriedenheit weg, obwohl ich gerne noch die Blicke des Erpels gesehen hätte, wie er plötzlich von seiner Ente mit sieben Kindern konfrontiert wurde.

Die schönste Kröte

(Ein Märchen)

Es war einmal eine Kröte, genauer gesagt, eine Erdkröte. Sie war dick und fett, mit großen goldenen Augen, vielen Warzen auf ihrer runzligen Haut und einem großen Maul, in dem es oft gluckste und schluckte, kurz gesagt, es war wirklich eine ganz besonders schöne Kröte.

Sie sah auch oft in den Spiegel, weil es für junge Erdkröten sehr wichtig war, schön zu sein und sie fragte manchmal ihre Eltern, und ihre Eltern sagten ihr immer, dass sie schön sei, und sie nahmen sie dabei in die Arme und streichelten ihre beiden großen Warzen am Hinterkopf.

In den nächsten Jahren hatte die Kröte wichtigere Dinge zu erledigen, als ständig in den Spiegel zu sehen. Sie übte den besonders raffinierten Fang von vorbeifliegenden Insekten und entwickelte ein Gefühl dafür, an welchen Stellen eine Schnecke unsichtbar unter einem Blatt saß. Dadurch wuchs sie, und sie wurde schnell noch fetter und damit noch schöner.

Aber irgendwann mal war das leichte Leben vorbei, und ihre Eltern erzählten ihr, dass sie nun langsam zur Schule gehen müsse, um etwas zu lernen. Kröten unterliegen auch der allgemeinen Schulpflicht, und sie konnte sich da wohl nicht widersetzen. Schön, dachte sie, das ist mal etwas anderes, und auf der Schule treffe ich bestimmt eine Menge Kröten, und wir können uns viel erzählen.

Gesagt, getan, der große Tag rückte näher, und die Kröte freute sich mächtig, ja, sie war sogar schon ziemlich früh wach, um ganz sorgfältig ihre Mappe zu packen. Die Eltern halfen ihr dabei und sagten: "Pass gut auf in der Schule, und höre auf deinen Lehrer", und dann gaben sie ihr noch ein paar fette Käfer mit auf den Weg, streichelten zum Abschied über die beiden großen Warzen am Hinterkopf und glucksten noch lange hinter ihr her.

Der Schulweg war ganz schön lang und sie musste durch Landschaften hüpfen, die sie noch nie vorher gesehen hatte. Irgendwann sah sie das Schulgebäude auf der anderen Seite eines großen Tümpels. Man konnte es daran erkennen, dass ganz viele Paddelwellen, wie sie Kröten im Wasser hervorzurufen pflegten, in diese Richtung rollten, und außerdem stand vor dem Schulgebäude eine riesige Kröte und winkte glucksend. Man konnte auch schon ein langgezogenes Dauerquaken hören, wenn man ganz leise war, und unsere Kröte beeilte sich, um nicht die letzte zu sein.

Irgendwann hatte sie endlich das Ufer erreicht, und es war doch alles sehr aufregend und ungewohnt für sie, und sie hüpfte deshalb schnell durch die Schultür und setzte sich auf den nächstbesten Stuhl.

Das Quaken wurde langsam leiser, der Lehrer kam und begrüßte alle mit einem lauten, aber freundlichen 'Kwoark',woraufhin alle antworteten. Dann fing er an, die Anwesenheit zu kontrollieren, und dabei traute sich unsere Kröte zum ersten Mal, zu den anderen hinüberzublinzeln.

Dabei hätte sie fast vergessen zu glucksen, denn was sie dort sah, hatte sie dann doch nicht erwartet.

Da waren zwar vereinzelt noch ein paar Erdkröten, aber auch eine riesige Menge von ganz unbekannten, ja, fremdartigen Gestalten. Sie musste fortwährend entgeistert um sich blicken, während der Lehrer die Namen aufrief, und dabei hörte sie zum ersten Mal, dass es auch noch andere Krötenarten gab, Wechselkröten, Kreuzkröten, Knoblauchkröten, Schaufelkröten und sogar Geburtshelferkröten. Sie sahen auch alle anders aus, krötig zwar, aber eigentlich doch sehr merkwürdig, und sie rückte schnell näher an eine der anderen Erdkröte heran und traute sich wieder zu glucksen.

Da gab es kleine und ganz kleine, und manche waren kaum noch von einem Frosch zu unterscheiden, wie die beiden Schaufelkröten hinten links, mit ihren roten herzförmigen Flecken an den Kopfseiten, da, wo eigentlich zwei Warzen zu sein hatten. Und überhaupt - diese unbekannten und manchmal doch sehr aufdringlichen Farben! Es gab grüne und gelbliche und graue, ein großes grünes Kreuz über den ganzen Rücken und sogar mal einen rötlichen Bauch!

Unsere Kröte war entsetzt, und sie schaute sich schnell nochmal um, aber da waren ja glücklicherweise noch fünf andere Erdkröten, die genauso aussahen wie sie selbst, und das beruhigte sie wieder ein bisschen.

Sie kramte dann schnell in ihrer Mappe und schenkte einer Erdkröte, die hinter ihr saß und auch ziemlich irritiert gluckste, den schillernden Käfer, damit sie sich schon mal ein bisschen anfreunden konnten.

Alle anderen machten ja eigentlich nichts Ungewöhnliches, sie verhielten sich im Grunde genommen doch schon ziemlich krötig, und auch sie glucksten ein bisschen irritiert und waren inzwischen auch schon näher zusammengerückt oder tauschten Spinnen gegen Köcherfliegen.

Der Lehrer war dann fertig mit seiner Anwesenheitskontrolle und klappte das Kursbuch zu. Er hatte wohl irgendwas gemerkt, denn er hielt eine lange Rede über die Bedeutung der Kaulquappenerziehung und über Gleichheit und Gerechtigkeit und schloss mit den Worten "alle in einem Tümpel".

Am Ende des Schultages tappte unsere Kröte ziemlich verwirrt und nachdenklich nach Hause, und sie lief einen Teil des Wegs noch mit den anderen Erdkröten zusammen. Ihre Eltern warteten schon mit dem Essen und fragten, wie denn der erste Tag gewesen sei, und sie sagte nur, immer noch nachdenklich, "Ooch, ganz nett". Und weil der erste Tag doch ganz schön anstrengend gewesen war, ging sie gleich nach dem Essen ins Bett.

Dort fantasierte sie noch ein bisschen über riesige krötenähnlichen Gestalten, die über ihr zusammenschwappten, bis die Müdigkeit doch stärker war als die Angst und sie einschlief.

Am nächsten Morgen hatte sie dann wieder etwas Mut gefasst, und sie hüpfte ein bisschen neugierig zur Schule, quakte dabei leise vor sich hin. Unterwegs traf sie ein paar der anderen Erdkröten, und zusammen fühlten sie sich sogar ganz gut.

Die Schule begann, und sie erfuhren viele Dinge, von denen sie noch nie vorher gehört hatten. Sie lernten die Berechnung der ballistischen Kurven von Schnellkäfern, die Spektralanalyse von Glühwürmchen und simulierten die Zufallsflugbahnen von Kohlweißlingen.

Es war ziemlich interessant, aber auch anstrengend, und darum gab es zwischendurch immer mal wieder eine längere Pause. Und in der zweiten Pause geschah es dann: Die Schaufelkröten hatten mehrere kleine Kröten um sich versammelt und tuschelten und grinsten hinter vorgehaltener Schaufel, und sie zeigten lästernd auf die Erdkröten. "Mein Gott, was sind die hässlich fett, wie kann man denn so aussehen!"

Unsere Kröte bekam einen Schreck und fühlte Wut und Tränen in sich aufsteigen, sie hopste erregt mit drei anderen Erdkröten hinüber zu den gemeinen Lästerkröten, aber die rannte blitzschnell kichernd auseinander, und die Schaufelkröten hatten sich schon längst eingebuddelt. Zurückgeblieben war nur eine etwas zerfledderte Modezeitschrift mit dem Namen BUFO.

Was sollten sie jetzt machen, die anderen waren ja nicht einzuholen, also blätterten sie beleidigt in der Zeitung. Aber dadurch wurde es noch viel schlimmer, denn auf den Fotos sah man nur durchgestylte Kröten mit Lidschatten und bunten Strähnen über den dicken Warzen, und überhaupt sahen sie alle, auch die Erdkröten, ziemlich dünn aus. Es wurde auch viel geschrieben, über Abnehmen in fünf Tagen oder Vorher-Nachher oder Tofu- Schnecken-Menü. Und die Kröten auf den Bildern machten irgendwie alle so merkwürdige Verrenkungen und zeigten sich absichtlich von ihrer schmalsten Seite.

Unsere Kröte war entsetzt, und die anderen glucksten seufzend oder schnufften vor sich hin. In der nächsten Stunde wurde es noch schlimmer. Immer wenn sich eine der Erdkröten meldete, ging ein Zischeln durch die Klasse, und sie sah viele vorgehaltene Hände und Schaufeln. Die Erdkröten saßen jetzt schon alle dicht beisammen, wie sonst nur beim Winterschlaf, und es ging ihnen gar nicht gut. Der Lehrer merkte das zwar, reagierte aber kaum, solange die Kröten nicht den Unterricht störten, sagte er nur manchmal "pssssst" oder "jetzt lasst doch mal die Erdkröten in Ruhe, die können doch nichts dafür, dass sie dick sind". Aber dadurch wurde das Prusten und Zischeln nur noch lauter, und unsere Kröte hatte gar keine Lust mehr, sich zu melden, und auch die anderen fünf waren sichtbar in sich zusammengesunken.

Auf dem Heimweg hatte unsere Kröte Tränen in den goldenen Augen, und sie hätte dadurch beinahe einen Storch übersehen, der aber glücklicherweise gerade mit der Federpflege beschäftigt war.

Und als die Eltern sie beim Abendbrot wieder nach dem Tag fragten, da brach sie in lautes Schluchzen aus, und ihre beiden dicken Warzen vibrierten dabei beängstigend. Sie hatte auch keinen Appetit und interessierte sich zum ersten Mal in ihrem Leben nicht mal für den dicken Tauwurm auf ihrem Teller. Die Eltern waren sehr bestürzt und fragten, was denn los sei, und sie sagte nur mit ersticktem Glucksen: "Ich bin fett." Die

Eltern waren fassungslos, und dann erzählte sie ihnen die ganze Geschichte unter vielen Tränen. Dabei nahmen die Eltern sie in die Arme und streichelten vorsichtig über die zwei dicken Warzen am Hinterkopf, und die Tränen wurden langsam weniger. "Mach dir keine Sorgen, wir finden, dass du schön bist, aber wir können ja mit dir morgen mal zu der alten Unke in der Senke am Kiesteich hüpfen, die weiß bestimmt Rat", und unsere Kröte war einverstanden, weil sie ja dann nicht zur Schule gehen musste.

In dieser Nacht träumte sie nur noch von enggeschnallten Gürteln und eingezogenen Bäuchen, und es wurde ihr richtig schlecht dabei, und sie musste zum ersten Mal in ihrem Leben die Grille vom Frühstück wieder auswürgen.

Am nächsten Morgen wurde ein Springfrosch mit der Entschuldigung zur Schule geschickt, und dann hüpften sie zu dem Kiesteich und die Eltern nahmen die kleine Kröte dabei in die Mitte.

Die Unke - sie hatte ja früher schon manchmal geheimnisvolle Geschichten über sie gehört - sah schon sehr unheimlich aus, klein und listig, mit einem gelben Bauch, aber sie hatte eine angenehme, glockenähnliche Stimme, und sie machte sich gleich ans Werk. Zwischendurch murmelte sie manchmal vor sich hin, es hörte sich an wie "hhmmff, hhmmff" und "whhff, whhff" und dann rührte sie in einem Seerosenkelch und goß etwas Braunes in ein Glas, und auf dem Glas stand 'DIÄT'. Sie hüpften sie nachdenklich nach Hause, nachdem die Mutter ein paar leckere Schmeißfliegenlarven für die Unke dagelassen hatte.

Zu Hause angekommen, musste die Kröte gleich drei Löffel DIÄT schlucken, und es schmeckte widerlich, wie eine Mischung aus Ölkäfertunke und Feuerwanzenrisotto, aber die Kröte schluckte es tapfer, weil sie ja endlich schön sein wollte wie die Kröten in der Zeitung, und vor allem sollten die anderen nicht mehr lachen.

Sie schluckte regelmäßig drei Löffel DIÄT und verlor dabei die Lust am Schneckenaufspüren, weil sie inzwischen viel mehr Zeit vor dem Spiegel verbrachte. Dort stellte sie sich in Positur und probierte auch schon mal einen Spagat, aber nur, wenn die Eltern nicht in der Nähe waren. Jeden Morgen stellte sie sich auf die Waage, um zu überprüfen, ob sie schon ein paar Gramm weniger wog. Und es klappte, am fünften Tag stand der Zeiger nicht mehr oben in der Mitte, sondern etwas weiter links davon, und im Spiegel sah ihre Haut nicht mehr so aufgedunsen aus, eher etwas runzlig. Sie fühlte sich zwar ungewohnt schlapp, aber am nächsten Tag wollte sie wieder zur Schule gehen.

Sie war schon frühmorgens wach, hatte schön geträumt von grazilen Krötenschenkeln und nach innen gewölbten Bäuchen, und die Frühstücksgrille ließ sie im Toaster verkohlen.

Der Schulweg war eigenartigerweise wesentlich anstrengender als sonst, und schwach wie sie war, konnte sie sich nur langsam unter eine alte abgefallene Eichenborke schleppen, als ein Storch auftauchte. Aber ihre Haut sah inzwischen schon fast so aus wie die Eichenborke, und der Storch sah sie nicht.

Im großen Tümpel vor der Schule wäre sie tatsächlich beinahe ertrunken, weil sie ständig den Bauch eingezogen hatte und der Auftrieb dadurch wesentlich geringer war. Aber sie schaffte es mit letzter Kraft und tappte müde zu ihrem Stuhl. Da saß sie dann blass und erschöpft und konnte dem Unterricht gar nicht so richtig folgen, weil ihr Herz ziemlich laut schlug. Das würde sie bestimmt nicht jeden Tag schaffen, dachte sie verzweifelt, und blinzelte hinüber zu ihrer Nachbarin, die eine rote Strähne im Gesicht hatte und einen ganz engen Gürtel, so dass sie fast überhaupt nicht mehr glucksen konnte und schon ziemlich blau im Gesicht war. Die anderen lachten und kicherten in dieser Stunde nicht, aber das taten sie wohl deshalb nicht, weil keine der Erdkröten im Unterricht etwas sagte. Sie bekamen deshalb vom Lehrer jede eine Fünf, aber das war nicht so schlimm wie das Lästern der anderen.

In der Pause trafen sie sich dann auf dem Hof und die anderen interessierten sich nicht für sie, sie blätterten wieder in der BUFO.

"So kann es nicht weitergehen", sagte eine Erdkröte, "ich fühle mich so schlecht", und eine andere zitterte nur so vor sich hin. "Wir werden so keinen Schulabschluss kriegen, und ich wollte doch Kfz-Mechatroniker werden."

Die Kröten sahen sich an, rückten zusammen und fingen an zu tuscheln. Dabei zeigten sie manchmal auf die anderen mit der Zeitung und ließen zweimal ein warnendes "Kwoark" hören. Die anderen tippten sich an die Stirn und rannten weg. Die Erdkröten hatten sich für den Nachmittag verabredet, und pünktlich um 16 Uhr kamen alle zusammen. Sie gingen in den Garten und machten merkwürdige Sachen die eigentlich ziemlich unkrötig waren. Erst beseitigten sie alle Gürtel und Haarsträhnen, und dann machten sie Kniebeugen und Liegestütz und hüpften die hundert Zentimeter in Zehn Komma Null Rekordzeit. Eine Kröte konnte sogar mit einem Handkantenschlag eine Johannisbeere zerteilen, und eine andere zeigte ihnen, wie man eine Treibjagd auf Laufkäfer veranstaltete oder wie man das energiesparende Hüpfen durch einen Dreisprung wesentlich effektiver gestalten konnte. Nach einer Stunde Seilhüpfen und dem 50 000 Zentimeter Hindernislauf über Bauer Knothes Stoppelfeld sanken sie erschöpft, aber glücklich unter ein Rhabarberblatt, und schliefen eine Stunde.

Nach dem Aufwachen hatten sie einen richtigen Erdkrötenhunger, und unsere Kröte zeigte den anderen ihre Blattschneckentechnik, und sie schwelgten und schmatzten und glucksten, dass es eine Freude war, und dann holten sie alle ihre DIÄT und kippten sie mit großem Schwung und lautem Singen des Tipperary-Songs in den Komposthaufen.

Am nächsten Morgen war die Kröte noch früher wach als sonst, die Eltern wunderten sich schon, und sie machte schnell noch ein paar mal 'Muskeln' vor dem Spiegel, hüpfte mit einem eleganten Dreisprung in die Küche, und steckte fünf Grillen und eine Schaumzikade in den Toaster. Die Mappe war schnell gepackt, und die letzte Grille britzelte noch auf ihrer Zunge, als sie schon aus dem Haus war. Die Eltern vergaßen fast, hinterherzuglucksen.

An der großen Stinkmorchel, da wo der Weg sich gabelte, traf sie die anderen fünf, und sie boxten sich zur Begrüßung in die dicken Bäuche und grinsten dabei. Unterwegs veranstalteten sie einen Wettlauf, und sie konnten sich gerade noch davon abhalten, es mit einer Treibjagd auf den Storch zu versuchen.

Es war noch niemand in der Schule. Man konnte es daran erkennen, dass der Fahrradständer noch leer war, und deshalb setzten sie sich neben die Stufen der Eingangstür und warteten. Dabei *machten sie gegenseitig noch mal auf 'Bauch'*, ließen ihre Muskeln spielen und summten im Kanon den Wilhelm-Tell-Twist.

Bald kamen die ersten beiden Knoblauchkröten, sie blinzelten kurz herüber, verdrückten sich dann aber vorsichtshalber in den Wegerich vor der Raucherecke.

Die Erdkröten hielten sich demonstrativ die Nasen zu und rollten mit ihren goldenen Augen. Vor den Kreuzkröten bekreuzigten sie sich, und die Schaufelkröten wurden völlig ignoriert.

Dann kam der Lehrer, und es gab erst mal wieder Unterricht. Die Erdkröten meldeten sich ständig, so dass die anderen kaum drankamen, und wenn das doch einmal passierte, dann grinsten die Erdkröten und ließen die dicken Hinterkopfwarzen bedrohlich anschwellen. Es gab dann auch bald ein paar Einsen und Zweien vom Lehrer, und dann ging es in die Pause.

Die Erdkröten hatten einen riesigen Berg Tauwürmer dabei und schmatzten und gnatzten und schlürften, und es ging ihnen gut. Die anderen tuschelten zwar manchmal oder warfen ihnen schräge Blicke zu, aber ansonsten gab es keine besonderen Vorkommnisse, außer vielleicht, dass eine Erdkröte einmal einer Wespe einen Kinnhaken verpasste, als diese einer Geburtshelferkröte an die Warzen wollte. Die Schaufelkröten hatten die allerneueste BUFO-Ausgabe verbuddelt, und die Geburtshelferkröte holte sie nach einer Weile beschämt hervor und legte sie in die Nähe der Erdkröten.

Die waren zunächst natürlich überhaupt nicht an dieser Angeber-Zeitung interessiert, aber dann blätterte ein Windstoß die Seiten auf, und die Kröten trauten ihren Augen nicht. Da waren nur noch Bilder von fetten Bäuchen zu sehen, und eine berühmte Sängerin wurde vorgestellt, die ganz schön dick war, eine Agakröte aus Trinidad, und überhaupt musste man denken, dass Fettleibigkeit Krötigkeit bedeutete.

Die Erdkröten amüsierten sich darüber, denn inzwischen war ihnen schnurzpiepegal, was nun in der Krötenmode gerade mal 'in' war, und überhaupt, was hatte so eine Zeitung schon zu sagen. Sie klatschten sich auf ihre dicken Bäuche und machten vielsagende Gesichter, als sie merkten, dass die Schaufelkröten versuchten, sich heimlich aufzuplustern und die Wechselkröten einen merkwürdig breiten John Wayne-Gang übten, und auf dem Heimweg brachen sie in schallendes Gelächter aus, aber erst, als die anderen Kröten außer Sichtweite waren.

Und sie gingen zufrieden und vergnügt bis zur großen Stinkmorchel und die Erdkrötenwelt war wieder in Ordnung.

Witz

Ich denke, dass die folgende Anekdote in anderen Städten und Bundesländern nicht funktionieren würde - das ist einfach typischer Berliner Witz!

Unsere Espressomaschine hatte ihren Geist aufgegeben. Pünktlich ein halbes Jahr nach Ablauf der Garantiefrist! Wahrscheinlich sollte man bloß nicht die Vorstellung einer etwaigen, präzise geplanten Sollbruchstelle als Wutreserve im Unterbewusstsein mit sich herumtragen, wenn man die Herstellerfirma wieder kontaktiert – schließlich will die Firma ja noch mehr verkaufen und völlig unschuldig dastehen.
Na gut.

„Wir lassen Ihre Maschine gründlich überprüfen und erstatten Ihnen dann schnellstmöglich Bericht. Sie können dann entscheiden, ob die Maschine für den dann genannten Preis repariert werden soll, oder nicht. Das kostet Sie jetzt 25,- €, die dann bei erfolgter Reparatur selbstverständlich wieder abgezogen werden und falls Sie eine neue Maschine erwerben wollen, wird das Geld auch da selbstverständlich verrechnet!
Sie sind ja schon ein langjähriger Kunde bei uns und wir geben Ihnen deshalb natürlich für die Zeit der Reparatur eine Ersatz-Espressomaschine mit!"

Ja, ich kannte diese Firma schon einige Jahre und hatte das Gefühl, dort immer fachgerecht beraten worden zu sein.
Inzwischen kannten wir uns schon so gut, dass ein gewisses Vertrauensverhältnis zwischen uns - ich vor dem Tresen, zwei Firmenangestellte (ein Mann, eine Frau) hinter dem Tresen, herrschte.
Wir konnten inzwischen schon über verschiedene Kaffesorten und -zubereitungsarten fachsimpeln, und ich muss schon sagen, beide hatten im Zusammenhang mit ihrer Verkaufs- und Beratungsrolle auch ein ziemlich fundiertes Wissen über Kaffee.
Nach nunmehr vier Jahren waren es auch keine reinen Verkaufsgespräche mehr - es wurde auch immer wieder mal zwischen uns herumgewitzelt.

Ich erkundigte mich rein prophylaktisch dann auch gleich - es könnte ja sein, dass sich die Reparatur unserer alten Espressomaschine nicht mehr lohnen würde - nach einem gleichwertigen, aber neueren Modell.
„Da kann ich Ihnen nur die DeLonghi ECAM 22.110 B empfehlen!" - sagte der Verkäufer und zeigte gleich auf das Vorführmodell hinter mir neben dem Eingang. Dann folgten ein paar Hintergrundinformationen über dieses Modell und es wurde mir dabei auch gleich ein Cappuccino zubereitet, um mich vom Geschmack und der Leistung dieser Maschine zu überzeugen.

„Die kostet zwar 100,-€ mehr als Ihre Maschine, aber aus Kulanzgründen würden wir sie Ihnen für den Preis Ihrer alten Maschine verkaufen..."

Ich fuhr dann nach Hause und hatte in Gedanken schon manchmal eine ECAM 22.110 B gekauft, hoffte aber, dass die Reparatur unserer Maschine gelingen würde und dass das bald passieren würde, während wir uns mit der etwas holprigen Bedienung der Leih-Espressomaschine beschäftigten.
Aber der Kaffee schmeckte!

Drei Tage später dann der Anruf: *„Tut mir Leid, Herr Dreymann, die Brüheinheit ist kaputt und das Mahlwerk leider auch. Die Reparatur würde dann zwei Drittel des Neupreises kosten, natürlich abzüglich Ihrer schon gezahlten 25,-€."*

Mist!

„Was sollen wir denn jetzt machen?"

Ich erbat mir Bedenkzeit.

Nach Rücksprache mit meiner Beate wollten wir dann doch in den nächsten Tagen mal hinfahren, um die neue Maschine, zu begutachten und auszuprobieren. Beate überlegte sogar, vielleicht doch mehr Geld zu investieren, um mal einen Kaffeevollautomater der Luxusklasse zu haben - sollte der Kaffeegeschmack deutlich besser sein.

Gesagt, getan:
Die Leihmaschine hatte ich absichtlich noch nicht wieder mitgebracht - es hätte ja sein können, dass gerade unsere neue Wunschmaschine z.Zt. nicht vorrätig ist und dann hätten wir zu Hause wieder auf die altdeutsche Art mit Filter und Filtertüte und Vakuumkaffee aufbrühen müssen - was mir inzwischen gar nicht mehr so richtig schmeckte.

Mann & Frau hinter dem Tresen führten nun ein längeres Gespräch mit Mann & Frau vor dem Tresen über das Kaffeezubereiten an und für sich und die Vor- und Nachteile der verschiedensten Kaffeevollautomaten.
Das Gespräch erstreckte sich sogar auf philosophische Betrachtungen über Kaffee an sich und ideologische Unterschiede in der prozentualen Mischung von Arabica und Robusta. *„Der Italiener würde nie einen Kaffee, der ausschließlich aus Arabica..."* usw.

Die DeLonghi ECAM 22.110 B war dabei durchaus nach wie vor im Gespräch, aber man merkte, dass Beate mit bestimmten Fragen gezielt in die höherklassige Dimension vorstoßen wollte.
Wir bekam als Demonstrationsobjekt auch einen perfekten Cappuccino und landeten dann bei einer etwas aufwändiger aussehenden DeLonghi mit

größerem Display und mehr Funktionstasten als bei unserer alten oder der bisher angedachten Alternativmaschine. Der Preis war in etwa doppelt so hoch, aber man würde uns ja aus Kulanzgründen 100,-€ Nachlass geben und diese Maschine sei wirklich der Kaffeevollautomaten-Rolls-Royce im Vergleich zu unseren bisherigen Maschinen.
Mann & Frau hinter dem Tresen tauten immer mehr auf, als das Gespräch diese Richtung einschlug.
Man merkte, dass beide von dieser Maschine begeistert waren: *„Von 2000 verkauften Maschinen in den letzten zwei Jahren sind sage und schreibe nur annähernd 20 Stück zurückgekommen und das meistens auch nur deshalb, weil die Käufer sich bei einer kleinen Fehlfunktion nicht getraut hatten, die entsprechende Taste noch einmal zu drücken.* Sehen Sie mal", er simulierte die beiden mahlenden Scheiben eines Kaffeemahlwerks - *„falls mal ein Fremdkörper zwischen den Bohnen, also z.B. ein kleiner Stein zwischen das Mahlwerk kommt, dann kann ein normales Keramikmahlwerk zerbrechen. Ein Mahlwerk aus Stahl aber - wie in dieser Maschine hier - würde beim zweiten Drücken den Stein herausschleudern und gut ist."*
Wir kauften das Gerät und bekamen es in einem sehr bunt gestalteten Karton der Firma DeLonghi, auf dem viele verschiedenfarbige Piktogramme zu sehen waren.

Aufgebaut, ausgetestet, Kaffee gekostet - alles wunderbar!

Am nächsten Tag wollte ich die Leihmaschine zurückbringen. Die musste natürlich vorher gründlich gesäubert werden - man will sich ja nicht blamieren! Die Brüheinheit lies sich nach dem Ausbau und der Reinigung leider nicht mehr so passgenau einsetzen wie vorher.
Die Klappe der Seite der Brüheinheit lies sich nicht mehr richtig schließen und stand etwas nach außen ab, was den Transport verkomplizierte. Ich wollte die Seitenklappe nicht frei schwingen lassen, daso die Brüheinheit herausfallen könnte.
Da fiel mir ein: Ich hatte ja noch die Originalverpackung der neuen DeLonghi aus stabiler Hartpappe mit Styroporpolsterung auf allen Seiten - diesen bunt gestalteten Karton der Firma DeLonghi mit den vielen verschiedenfarbigen Piktogrammen.
Also rein mit der Leihmaschine, Deckel zu und gut ist's!

Sicherheitshalber habe ich das kostbare Transportgut dann auf den Beifahrersitz gestellt - im Kofferraum hätte es ja eventuell noch umkippen können.

Während der Fahrt zur Firma kam mir plötzlich eine Idee - eine rabenschwarze Idee!

Wenn ich mit der Originalverpackung unserer neuen DeLonghi und vielleicht noch einem sehr ernsten Gesichtsausdruck vor dem Tresen und Mann & Frau dahinter auftauche, ist doch eigentlich klar, was in deren Köpfen automatisch abläuft

Gesagt, getan.
Ich parkte genau vor der Glastür der Firma und sah schon, wie beide hinter dem Tresen zu mir herüberguckten.
Dann stieg ich aus, lief mit ernstem Gesicht um das Auto herum, öffnete die Beifahrertür und nahm den bunten Karton an seinem Haltegriff heraus.
Dann betrat ich die Firma und sah die sich verdunkelnden Gesichter hinter dem Tresen, das blasse Gesicht des Verkäufers und das, ungläubige Gesicht seiner Kollegin.

Eisiges Schweigen.

Ich stellte den Karton demonstrativ auf den Boden: *„Scheißgerät!!!"*

Sie kamen vorsichtig näher, schweigsam, mit noch betrübteren Blicken als vorher. Ungläubig, verständnislos, nicht wahrhaben wollend.

„Witz! Das ist die Ersatzmaschine!" sagte ich dann mit einem Grinsen und sah, wie die Gesichter mei-

ner beiden Gegenüber sich ganz langsam normalisierten.
Er sagte dann noch: „*Jetzt hatte ich aber wirklich Schweißperlen auf der Stirn*...."

Berliner

In manchen deutschen Gegenden ist unsereiner leider ein Gebäck!
So wie der *Amerikaner*, den ich früher als Kind immer sehr gerne gegessen habe. Der war aber auch köstlich: eine mir unbekannte Sorte trockener Teig, mit sehr leckerer Zuckergussscheibe oben drauf!
Warum der aber Amerikaner heißt, ist mir heute noch ein Rätsel.

Beim *Berliner Pfannkuchen* - (von Insidern schlicht *Pfannkuchen* genannt) - diesem kugelförmigen, leckeren Schmalzgebäck mit Pflaumenmußfüllung (wenn er mit Puderzucker bestreut ist!) oder mit Konfitürefüllung (wenn er mit Zuckerguss bedeckt ist!) - soll das ja wahrscheinlich bedeuten, dass der Name aus Berlin stammt.
Oben und unten ist der *Berliner Pfannkuchen* bräunlich-rot durch sein Schwimmen - mal mit der oberen, mal mit der unteren Hälfte - in heißem Schmalz.
Zwischen beiden Hälften befindet sich eine gelblich-weiße Trennlinie - ca. 1 cm hoch - auf der man mittels Drehung das Füllungsloch suchen sollte, um dann genau dort den ersten Biss zu setzen. Wenn man das aus Unkenntnis nicht macht, quillt die Füllung - entweder das Pflaumenmuß oder die Konfitüre - aus der Öffnung und bekle-

ckert mindestens die haltende Hand oder im schlimmsten Fall die Hose!

Pfannkuchen ist woanders wiederum das, was bei uns hier in Berlin *Eierkuchen* heißt. Vielleicht wäre das für die dortigen Bewohner irreführend gewesen, wenn sie sich zwischen *Pfannkuchen* und *Berliner Pfannkuchen* - zwei völlig unterschiedlichen Dingen - zurechtfinden müssten.

Egal! Gebäcknamensvergabe scheint Ländersache zu sein (ähnlich wie die Bildungspolitik. Ob da Zusammenhänge bestehen - unterschiedliche vorschulische Spracherziehung o.ä., kann ich nicht beurteilen).

Alleine schon das Wort *Schrippe* verrät bei Anwendung sofort die Herkunft des potenziellen Käufers in außerberlinischen Bäckereifachgeschäften. Wenn man das nicht will, kann man sich aber ggf. mit *Semmel* oder *Brötchen* tarnen.

Letzten Frühling an der Ostseeküste in der Kieler Bucht habe ich im obigen Sinn eine wundersame Erfahrung gemacht: In einer Edeka-Filiale im Örtchen Schönberg gab es keine *Brötchen, Semmeln* oder gar *Schrippen*, sondern *Strandknacker*! Auf was für Ideen manche Bäcker oder Filialleiter von Supermärkten mit Bäckerei-Ecke so kommen.

Ich möchte nicht wissen, wie man mich vom Bäckertresen in anderen Bundesländern anstarren würde, wenn ich da *„drei Schusterjungs"* verlangen würde! Wahrscheinlich so, wie die ältere Dame in Südfrankreich, als ich in ihren Laden kam und *„DÖ GRO PENG, s'il vout plait"* krähte!

Nun ja. Diese Strandknacker sahen aus wie etwas größere und eckigere *Schrippen* - auch mit Kerbe auf der Oberseite. Was blieb mir übrig, wenn ich kein Schwarzbrot frühstücken wollte - ich kaufte eine große Tüte *Strandknacker*:

Zu Hause (in der Ferienwohnung hinter dem Deich) angekommen, schüttete ich die Dinger in den Brotkorb - der Tisch war inzwischen schon von meiner Beate gedeckt worden, setzte mich, nahm das scharfe Brotmesser und schnitt damit in den ersten Schrippenersatz.

Und urplötzlich fühlte ich mich in die Nachkriegszeit zurückversetzt, als es in Berlin die ersten frischen Schrippen gegeben hatte: Der Strandknacker war knusprig bis zum Gehtnichtmehr und ließ kleinste Teile seiner Kruste mit prasselnden Geräuschen über den Frühstückstisch, auf meine Hose und bis auf den Fußboden splittern! Das war aber noch nicht alles - mit Butter und Erdbeermar-

melade bestrichen schmeckte er einfach sagenhaft!
Sofort waren jahrzehntelang verschüttet gebliebene Erinnerungen wieder da:
So haben damals die Schrippen bei uns geschmeckt. Und so haben sie sich auch angehört.

Was für eine Qualität! Was habe ich da bloß in den vergangenen Jahrzehnten für Möchtergern-Schrippen essen müssen.
Diese zehn Tage Ostsee fingen natürlich jedes Mal mit einer Strandknackerorgie an. Ist doch klar.

Wieder in Berlin angekommen, konnte ich nur schwer hinter diese gerade gemachte Erfahrung zurück. Ich wollte hier in meinem Kiez einen Bäcker finden, der ordentliche Schrippen backt, wie sich das gehört. Nichts von der Schrippenstraße mehr!
Ich fragte Nachbarn und Bekannte und bekam so manchen Tipp.
Zwei Alternativen habe ich inzwischen gefunden: Bäckerei Wieslau in der Westfälischen mit ihren *Kaiserbrötchen* und eine Kaiser's-Filiale in der Konstanzer mit ihren *Toskanischen Brötchen*.
Diese beiden Brötchen schmecken ziemlich gut, aber sie splittern leider nicht und lassen daher in Sachen Knusprigkeit ein paar Wünsche offen!
Aber immerhin!
Trotzdem freue ich mich schon auf den nächsten Kurztrip zur Kieler Bucht!

CLK

Seit knapp 4 Jahren besitze ich den Mercedes CLK.

Ich habe ihn gekauft, weil er von der Seite oberaffengeil aussieht, nur 113000 km runter hatte und auf den ersten und zweiten Blick (mit Fachschrauber im Geleitschutz!) tiptop in Ordnung war.
Isser zwar immer noch, aaaaaber.....im Laufe der 4 Jahre hat er mir ein paar Macken gezeigt, die mich - wenn sie das erste Mal aufgetreten sind - erstmal erschreckt haben.
Inzwischen weiß ich, dass die Elektronik manchmal ihr Eigenleben führen will. Reagiere deshalb immer gelassener.
Es fing an mit der (Alarm-) Meldung "Lampe kaputt" o.ä., womit MEIN CLK meinte, dass die Halogenlampen nicht von dem Hersteller stammten, den er bisher gewohnt war! In Wirklichkeit ging alles.
Bei über 130 km/h kam regelmäßig die Meldung "Ölstand kontrollieren!" - beim ersten Mal traten mir die Schweißperlen auf die Stirn. Heute gar nicht mehr. Diese Meldung macht er IMMER, auch nach neuem Ölwechsel!
Dann sprang er zweimal im Jahr nicht an. Autodienst gerufen, Starthilfe, er sprang an und lief wieder ca. ein halbes Jahr, bis er wohl Sehnsucht nach dem Autodienstmenschen bekam. Wieder Starthilfe (Batteriecheck und Lichtmaschine usw.

waren dabei immer einwandfrei!). Ich habe dann mal eine neue Batterie gekauft - man weiß ja nie... Nach einem halben Jahr wieder.
Autodienst und Starthilfe.
Dann kam das Thema Kriechstrom auf! Das bedeutet, wenn ich das richtig verstanden habe, dass es unbekannten Stromverbrauch irgendwo im Auto gibt, von dem man nicht weiß, wo er stattfindet. Dieser sog. Leckstrom soll zumindest an der Oberfläche der Kabelisolierungen entlangfließen. Mein Schrauber wollte nicht: "Elendige Sucherei stundenlang - nee!". Deshalb ging ich dann zu einer Bosch-Werkstatt: "lassensen ma üba Nacht hier". Nächsten Tag - „nichts gefunden".
Bei *myhammer* inseriert "Kriechstrom. Wer traut sich da ran?"
Gleich am selben Tag kam eine Meldung "Wir machen das. 100 €". Ich war platt!
Angerufen: "Mein Kfz-Meister hat bisher jedes Problem gelöst! Bringse den Wagen her." Nächsten Tag sollte ich ihn wieder abholen.....

Nächster Tag:

"Tut mir Leid, aber wir haben alles durchgecheckt und leider nichts gefunden! Das Geld wollen wir dann natürlich auch nicht haben...."
Kulant! Wirklich!!
Nach zwei/drei Stunden rief der Werkstattinhaber bei mir an: "Wissen Sie, ich habe mal gründlich über Ihr Problem nachgedacht. Wir haben wirklich

alles untersucht, es kann letztendlich nur die Batterie sein. Sie hatten die ja neu gekauft und die davor hatte dasselbe Problem. Diese Autos heutzutage haben ja dermaßen viele stromfressende Verbraucher, dass es sein kann, dass die Batterie einfach in ihrer Kapazität zu knapp bemessen ist. Ich schlage Ihnen vor, wir setzen Ihnen eine mit 100 Ampere Stunden rein und schauen mal, was passiert. Wenn der Wagen dann verlässlich anspringt, hatte ich Recht, wenn nicht, nehme ich Ihnen diese Batterie wieder ab und Sie kriegen das Geld zurück."

Das war vor gut einem Jahr! Ich werde in den nächsten Tagen mal spontan zu ihm hinfahren und ihm einen 50,- € - Schein auf seinen Schreibtisch legen. Mal sehen, ob er weiß, wofür der ist!
Dann kam die nächste Geschichte mit dem CLK.

Der Kofferraum ließ sich nicht mehr öffnen, jedenfalls nicht auf die übliche Weise per Daumendruck. Immer nur mit dem Schlüssel, den man vorher aus dem Plastikmantel herausfriemeln musste - linke Hand schwerer Koffer, rechte Hand kräftiger Daumendruck - ging nicht. Mist!
Daraufhin bin ich dann bei der Suche im Internet unter dem Stichwort "Kofferraumklappe geht nicht auf" im Motor-Talk.de-Forum gelandet.
Und sofort fand ich gleich mehrere Threads zum Thema und die Lösung des Problems als Sahnehäubchen oben drauf! Respekt!

Ich wäre nie darauf gekommen, dass man mit einem hohen Luftdruck in einen Schlauch unterhalb des Erste-Hilfe-Kastens den Kofferraum wieder per Daumendruck öffnen können würde!
Gesagt, getan. Ich zwängte mich mit meinen 189 cm Länge auf die Rückbank und fummelte den Erste-Hilfe-Kasten aus seiner Halterung und richtig, da war so ein dünner, weißer Schlauch.
Als Aquarianer hat man ja Erfahrung mit Luftdruck und Kompressoren. Also: Schlauch durchgeschnitten, Luftstöße mit einer Kanüle mehrmals kräftig in den Schlauch gedrückt - keine Reaktion vom Kofferraum! Daumendrückmethode angewendet - keine Reaktion vom Kofferraum! Mist! Typisch, dass dieser Tipp nun gerade bei mir nicht funktioniert!

Beide Schlauchenden mit einem links und rechts gekürzten Q-Tips-Stäbchen verbunden, und den Erste-Hilfe-Kasten wieder an seinen Bestimmungsort gedrückt.
Aber immerhin - ich konnte mich des Respekts nicht erwehren, dass hier einer im Forum wusste, dass die Q-Tips-Stäbchen innen hohl sind – ich wäre da nicht drauf gekommen!

Ich öffnete den Kofferraum also wieder umständlich mit dem Schlüssel.
Die Kofferraumleuchte funktionierte nicht, der Alarmton bei geöffneter Fahrertür ertönte aber. Die Verbindung der Elektronik zum Kofferraum war also intakt!

Die Sicherungen waren okay.
Ich friemelte die Kofferraumleuchte aus ihrer Fassung und drehte sie etwas hin und her - einmal ging dabei das Licht an, später aber nicht mehr. Beim Reindrücken des Schalters an der Kofferraumdecke ging das Warnsignal wieder aus, beim Loslassen ging es wieder an. Dann steckte ich die Leuchte mit ihrer Fassung wieder in den dafür vorgesehenen Spalt und schloss die Kofferraumklappe - gefrustet!

Nur mal kurz mit der alten Daumendrückmethode getestet.....

Der Kofferraum ging auf!!!

Was soll man dazu nun noch sagen.......

Werner Krabbe

und die Glorreichen Halunken

Werner Krabbe war der Sänger der *Boots*. In den 60er/70er Jahren war das die angesagteste und beste R&B-Band Berlins, ja wahrscheinlich der ganzen Bundesrepublik. Werner war der charismatische Frontman und ich erinnere mich noch deutlich, dass selbst wir Musiker aus anderen Berliner Bands regelmäßig zu den Boots pilgerten und ihre Musik praktisch einatmeten. Ich kann mich an keinen Sänger aus dieser Zeit in Berlin erinnern – außer an Drafi vielleicht – der so gut gesungen hat, und für uns alle einen derartig besonderen Wiedererkennungswert, ein so deutliches Alleinstellungsmerkmal aufweisen konnte.

In späteren Jahren – nach den Boots – sind er und ich immer wieder mal zusammengekommen, haben gequatscht oder Musik gemacht, lernten uns kennen und schätzen. Über die Jahre hat Werner immer wieder in verschiedenen Formationen versucht, an die Boots-Zeit anzuknüpfen, oder mit anderen Musikern einfach nur wieder auf der Bühne zu stehen und sich die Seele aus dem Leib zu singen. Er fing an zu malen, lernte Gitarre zu spielen und beschäftigte sich mit Aquarien, Reptilien und Taranteln.

Irgendwann wollte er nicht mehr – ich erinnere mich noch an die letzte Session mit ihm – nach zwei/drei Stücken hatte er das Gefühl, dass er das nicht mehr schaffte. Die Stücke, die er sein Leben lang gesungen hatte, liefen nicht mehr so, wie er sich das gewünscht hätte. „Ich schaffe das nicht mehr. Das war's dann!"

Ich kaufte ihm noch eine seiner Gitarren ab, wobei er mir eins seiner Gemälde schenkte. Ich hatte den deutlichen Eindruck, dass er gehen wollte. Ganz sanft. Ohne Groll, Verzweiflung oder Trauer.

Er soll dann seine Medikamente abgesetzt haben und ist bestimmt sanft entschlafen. Man hat ihn nach zwei Tagen im Bett entspannt auf dem Rücken liegend mit einem aufgeklappten Buch auf dem Bauch gefunden…

Zu seiner Beerdigung auf einem Spandauer Friedhof fanden sich viele der damaligen Fans, Bewunderer, Weggefährten und Freunde ein, um ihn auf seinem letzten Weg zu begleiten. Es war eine stille Beerdigung – die Trauergemeinde nahm gefasst Abschied.

Allerdings – so ist das ja oft, wenn man gar nicht damit rechnet – passierte eine unvorhersehbare Panne:

Werner hätte auf jeden Fall gegrinst – ich sehe ihn genau vor mir, wie er immer gegrinst hat – wenn er diese Situation gegen Ende seiner Beerdigung miterlebt hätte.

Die Beerdigung verlief bis kurz vor Schluss ganz normal, zumindest kann ich mich an keine Besonderheiten des Verlaufs erinnern, aber ich erinnere mich sowieso zunehmend nur noch an die besonderen Vorkommnisse.

Als es dazu kam, dass der Totengräber (keine Ahnung, ob das jetzt die korrekte Berufsbezeichnung ist) die Urne mit Werners Asche in die dafür vorbereitete Grube setzen wollte, spielte sich eine Geschichte ab, die mich an die Schlussszene des Western *Zwei Glorreiche Halunken* erinnerte, die ja ebenfalls auf einem Friedhof stattfand.

In dem Western – bei dem der deutsche Titel wegen Unzulänglichkeit des Verantwortlichen in der Verleihfirma wieder mal gar nichts mit dem Originaltitel zu tun hat, und außerdem geht es – wenn schon – in dem Film um drei Halunken – egal, es dreht sich auch dort um eine Grabstelle. Den ganzen Film über versuchten die Hauptdarsteller den Namen einer Grabstelle herauszufinden, in der ein Geldschatz vergraben war – das Grab von Arch Stanton. Der Witz dabei war – der Schatz lag nun nicht im Grab von Arch Stanton, sondern in dem

Grab eines unbekannten Soldaten NEBEN dem Grab von Herrn Stanton!

Dieser Umstand bringt uns zurück zum Friedhof in Berlin Spandau zu Werners Beerdigung:

Der Totengräber – ein Mann, der offensichtlich etwas alkoholisiert und dadurch angeheitert war, der aber der Situation entsprechend ein trauriges, zumindest ein ernstes Gesicht machen wollte, was nur so lala klappte, wollte die Urne gerade mit langsamen Schritten, in beiden Händen haltend, in die dafür ausgehobene Grube setzen, als ihm (und mir) auffiel, dass er die Grube an der falschen Stelle ausgehoben hatte! Neben der Grabstelle von Werner Krabbe (auf der das Namensschild und ein Bild Werners mit Trauerflor stand).
Schnell setzte er die Urne auf den Boden, suchte sich Spaten und Grabegabel und fing an, mit hochrotem Kopf an der richtigen Stelle zu graben (fast so wie im Western *Zwei Glorreiche.....naja...*).

Dazu muss man noch sagen, dass Werner Krabbe im Winter verstorben ist, der Friedhof schneebedeckt war, und der Boden steinhart gefroren war. Nach langer Grabetätigkeit vor unruhigem Publikum war der Totengräber dann irgendwann fertig – zumindest war ihm die Andeutung einer Grube gelungen – und er stellte, wie er das wohl gelernt hatte, die Urne in diese flache Kuhle, aber diesmal an der richtigen Stelle.

Ich weiß nicht, ob man bei Beerdigungen oder auf Friedhöfen generell Witze machen darf, aber ich konnte mir beileibe die Bemerkung nicht verkneifen „Da haben wir ja Glück gehabt, dass das eine Urnenbeisetzung und keine Erdbestattung mit Sarg gewesen ist!"

Himmlisch weich

Ein Blatt des chinesischen Standard-Toilettenpapiers *Heavenly soft* ist 9 cm lang und 10 cm breit. Das ist im Vergleich zum durchschnittlichen deutschen Toilettenpapier, z.B. *Gut & Günstig* von Edeka (13,7 cm lang und 9,5 cm breit), ziemlich klein.

Ich weiß natürlich nicht, nach welchen Kriterien die jeweiligen Gesellschaften in den unterschiedlichen Regionen der Erde die Flächenmaße ihrer Toilettenpapiere pro Blatt festlegen; im Falle des chinesischen besteht für mich zumindest der Verdacht - falls das Flächenmaß etwas mit den Abmessungen der Hand des jeweiligen Anwenders zu tun haben sollte - dass die Chinesen während der Evolution ihrer nicht nur Wert auf kleine Füße bei den Frauen gelegt haben (und das Wachstum durch das Einschnüren der Füße kontrolliert haben), sondern auch an der Ausbildung kleinerer Hände interessiert gewesen sind.
Rückblickend kann ich mich aber an keine besonders auffälligen Hände im o.g. Sinn erinnern.

Die Blattgröße alleine ist aber beim *Heavenly soft* nicht das einzige Merkmal, das mich zum Grübeln bringt.
Unsere Standard-Toilettenpapiere von Rewe, Edeka, Aldi & Co sind oft dreilagig, was meiner Erfah-

rung nach die Anwenderfreundlichkeit immens erhöht - die Gefahr des Zerreißens des Papiers gerade im entscheidenden Moment einer soeben angesetzten Wischung am Zielort ist dadurch im Prinzip nicht gegeben.

Das Standard-Chinatoilettenpapier hingegen ist nicht mal einlagig, ich würde sogar die Behauptung wagen, dass dieses Papier 0,5 bis 0,25-lagig ist! Legt man so ein Stück Papier auf die Handfläche, scheint das Muster der Handlinien hindurch.

Wenn ich mir vorstelle, dass die dort ansässige Bevölkerung, bei der ich auch bei genauerer Inaugenscheinnahme der hinteren Unterkörper keine besonderen Größenunterschiede zu mitteleuropäischen Gesäßen erkennen konnte, ihr bevorzugtes Toilettenpapier bestimmungsgemäß anwendet, dann ergeben sich für mich doch ein paar Fragen.

Ich hatte ja bisher noch keine Gelegenheit, einem Chinesen bei der Verrichtung seiner Notdurft zuschauen zu dürfen (und einer Chinesin erst recht nicht!), daher erstrecken sich meine Überlegungen zunächst mal rein spekulativ auf die vorhandenen Fakten - zwangsläufig gepaart mit einer Nuance kreativer Fantasie.

Da meine eigenen Ersterfahrungen in Unkenntnis der vorhandenen Papiergegebenheit in China (Größe, Konsistenz) mit selbigen in einem Desaster endeten (Papierriss im entscheidenden Moment an aber ansonsten zielgenau getroffener Stelle), müssten die Chinesen (und die Chinesinnen sowieso) mindestens einige anatomische Besonderheiten im Vergleich zu europäischen Durchschnittsunterkörpern und eventuell auch Händen aufweisen - oder sie haben im Laufe ihrer Evolution andere Wischtechniken entwickelt.

Es gibt ja Länder, in denen es als äußerst unfein gilt, wenn man zur Begrüßung die rechte Hand ausstreckt. Da kann ich mir schon denken, was für Pannen in der Verrichtung gewisser Bedürfnisse dort als üblich gelten. Die Toilettenpapiermode dieser Länder ist mir aber leider nicht bekannt.

In China kommt aber noch eine Besonderheit dazu:
Zumindest auf öffentlichen Toiletten wird ausdrücklich darum gebeten, das benutzte (!) Toilettenpapier nicht in die Toilette zu werfen und dann herunter zu spülen - wie das ja bei uns (zum Glück!) verlangt wird und auch üblich ist - nein, hier soll man das benutzte Papier nach erfolgreicher Anwendung in ein oben offenes Körbchen neben dem Toilettenbecken werfen!

Wie auch immer der Chinese an sich (oder die Chinesin) nun ihr Stoffwechselendprodukt ohne Abrutscherpannen vor Ort am Körper und danach in das Körbchen neben der Toilettenschüssel entsorgen mögen - es bleibt für alle außerchinesischen Menschen aus Sicherheitsgründen nur noch die Klapp- oder Faltmethode übrig, wobei dann das Toilettenpapier der normalen dreilagigen Art mit zwei übereinander gelegten Blättern erfolgreich verwendet werden kann und das *Heavenly soft* auf jeden Fall mit mindestens acht übereinander gelegten Blättern.

Ach übrigens:
Warum die Toilette in China umgangssprachlich *Happy House* heißt, erschließt sich mir auch nach längerem Nachdenken nicht!

Herstellung und Verlag:
BoD – Books on Demand, Norderstedt
ISBN 978-3-7347-6074-7